孙剑 著

散 | 文 | 集

拂云和

浅吟清唱，字里行间皆情长……

中国出版集团

现代出版社

图书在版编目（CIP）数据

拂云和 ／ 孙剑著. -- 北京 ：现代出版社，2018.3

ISBN 978-7-5143-6831-4

Ⅰ．①拂… Ⅱ．①孙… Ⅲ．①散文集－中国－当代 Ⅳ．①I267

中国版本图书馆CIP数据核字（2018）第019813号

拂云和

作　　者　孙　剑
责任编辑　杨学庆
出版发行　现代出版社
地　　址　北京市安定门外安华里504号
邮政编码　100011
电　　话　010-64267325 010-64245264（兼传真）
网　　址　www.1980xd.com
电子邮箱　xiandai@vip.sina.com
印　　刷　北京一鑫印务有限责任公司
开　　本　880×1230　　1/32
印　　张　8
版　　次　2018年3月第1版　　2022年7月第2次印刷
书　　号　ISBN 978-7-5143-6831-4
定　　价　35.00元

行走或精神漫游的生命印迹（序）

董迎春

> 一本书不仅是世界的一个断片，它本身就是一个小世界。
>
> ——苏珊·桑塔格

孙剑兄与我同为扬州大学2000届校友。大学期间我们都是文学青年，他还比我多着一点艺术家气质。这与他当时就读艺术系相关，这也决定了他日后的眼光与情怀。作为一个体制内的人，他兼顾了艺术的人生追求。我这些年写诗，也是希望诗能警醒自己，作为大学教师，能鼓励为数不多的对诗有冲动与追求的学生。而孙剑兄则将青春梦想转向艺术，在自己的艺术世界感悟变通、知性的人生。

在人类任何一个空间当中其实都存在"书写"。写作只是把我们这种书写本身所标识的差异性、独立性呈现出来，不同的经历，却让我们能在艺术或者诗性生活这样的话题上有着许多共识与彼此认同。孙剑兄散文《拂云和》结集出版，也是这种艺术诗心、诗情的流露，文学与艺术的交集，正是"诗歌"的真正合一。这种写字的情怀正是他的艺术性的升华与才情展示。

"作品存在包含着一个世界的建立。"（海德格尔语）孙剑兄与历史对话、与典故对话、与行走的清风明月对话，在触摸生命的现象与本质中，建构起兼具风雅精神与文人风骨的精神世界，有着长风破浪兼济天下的侠客豪情。"这些散落的陈迹，不动声色地沉积着历史的沧桑和凝重。"对卞之琳故居的找寻，对清华园才子朱湘投江的黯然，对郁芑生、鲍志椿、王澄、黄公望、张成龙、白雅雨、高适、骆宾王等历史人物的追忆与心向往之，对庙港、居庸关、栖霞、白下、秦淮等古迹的考证与踽踽独行，"它名字里隐藏的细节成了我的追问"，"甚至一块褪了色的石碑也要看上半天"，作者用爱利亚式的挽歌观念将历史的、遗忘的、正在消散的琐碎之物转化为生活的宝藏，拼接出自身的人格气质与精神气候。这些散落在时间和历史长河里的人与物，偏安一隅很少被公众提及，而作者用深情追溯与大胆想象让其重见天日，继而用一种抽丝剥茧觅得的柔软与深情，将对个体的存在意识的关怀升华为一种文化意识和精神意向。关注生命个体的生存状态和存在意识，乃中国文学的传统，也是大多数"理念人"孜孜不倦的精神追求。读孙剑兄的文字，就是读他这么多年来的生活与精神漫游的生命印迹。日常的诗性追求与开放的文化眼光，让他的文字愈加挥洒自如与知性沉淀。在不经意的文字间，总能读出他的柔软与幽思。

足之所至，大多有所记录，对色彩的丰富感知，对韵律的敏锐捕捉，使他描摹世俗人情、山水风物舒卷自如，别有情趣。"渡口略窄，对岸黛如眉。渡轮缓缓从那黛色中驶来，若一朵飘浮的云。江水碎碎如鳞，像琵琶上的轻拢慢捻，小弦切切。"（《风流水逝拍岸间》）"老街的尽头远在向晚的烟色浩渺处，残阳的光影零碎。我们行走的背影一融入老街的灰调，那幅黑白水墨画上便顷刻有了灵动的美。那一字散开的褐色排门，那触手可及的低低廊檐……让人念及江南水乡的清幽和古意。"（《弧形上的重量》）着意点染，摇曳着古朴的诗意，随处可见。以儒道佛的智慧感知生命，对人情世故则善用白描，述而不论，这些文体技巧不失为一种绝妙的谋略与布局。然而，作者直言不喜这种深沉，而生命原始的躁动和倔强促使他不断发出质疑，通过对历史人文和事物的细致观察与揣摩，抹去时间覆盖的灰尘与阴影，从而省思个体自身的文化意味。

"一本书不仅是世界的一个断片，它本身就是一个小世界。"一本厚重的书籍，不只是作为物的层面而存在，它当然也包含写作者自身对世界与生命的温情解读，也包含自我的醒觉与升华，以及积极建构和完善其动态平衡的可能性。翻阅整本书，与作者进行心灵对话与审视，并积极点赞孙剑兄的才情与坚持，许多灵动之处，也会心一笑。有时候，我们希望生活慢一些，写作也许更容易敞开与深入，叙述的质感与哲理似乎还可以拓宽与深化。所有写作的问题都在写作中解决。写，有时候需要与经典的阅读、世界性的经典的衬托与互文，无疑可以提升与导引叙述的深入与洞见。这种世界性的眼光的培养，同时又与写作者对现代性的审美意识的认同密切相关，即突破时空中的人类大我的情怀与缅想。

我一直深信经典文学是人心的确认与自由的书写。非虚构文体的情感写作，事实上也是语言的诗性、诗意的心灵流露与流淌的痕迹。象征语言试图拆解与建构我们诗意深处的文化灵魂。这是一种艺术的情怀，也是一颗炙热的诗心。这样的写作也是返回初心的写作。任何一个艺术文本或者文学文本，它既是诗的，又是哲学的。我们怎么去写一个文本或者说我们怎么对一个写作文本进行一个阐释、一个批评，我觉得往往就从"诗"和"哲学"这两个层面。诗应该是文本里面对基本最生动的情感、感觉、感性的体现，它表现在语言上；而哲学往往体现了写作者或者一个批评者本身对这个事件认知或者最基本的态度。我们的写作应该从这两方面进入。

因而，我时常检阅自我、思考文学书写的可能。写作如何完成自我审视即是救赎，对存在意识的内在性感知和转化，文字的自我呈现和磨损与艺术发生融合，通过色彩与光泽、音符与跳跃，完成精神世界的建构、丰富与更新，抵达日常生活的多向性与澄明，任何写作者都是诗与哲学的双重体认。

文法当如琴法，起承转合皆有内在的构建与秩序。孙剑兄在艺术上已展现出长足的优势和才情，把写作作为艺术生活的一种增补与修为。他无疑是幸运的，在众声喧嚣的时代，他在文字里静观与远游，将生命的哲思与喜悦举重若轻地沉浸于心灵和诗意的文字里。这些文字见证着他的成长，也算一种记忆、一个总结。也深信，孙剑兄《拂云和》结集，也是再出发。

是为序。

2017年5月22日

（董迎春，1977年2月生，汉族，江苏扬州人，文学博士，文艺学、汉语国际教育硕士生导师，广西民族大学文学院教授，复旦大学中国语言文学博士后，四川大学符号学－传媒学研究所特约研究员。研究方向：创意写作、中西诗学、影视文化、舞台艺术等。已出版理论专著5部）

目 录

CONTENTS

第四辑 拂云和

第五辑　清浅尘

第六辑　闲如是

第一辑

沙上梦

沙上有梦

1

车子在宽阔的大路向着堤岸开始颠簸，仿佛历史和现实交相错落。天高云淡，风一阵接一阵。左边是滩地，右边是滩地，蔓延，辽阔，也魄荡。不去看远处的海，便可想象那滩地便是撒哈拉或新疆的沙漠了。沙如雪，缤纷四野，几乎不存一点绿色，色泽里泼满的是黄，土黄，淡黄。那沙漠一般的滩地，在视觉里晃荡了好长一段时间，风也像是来自戈壁的朔风了。下车后才折回现实，再看堤外的海，便有了璀璨，莫不是海市蜃楼？在脚下欢歌，在视线里扩展，仿佛遇到了贴心的知己，我们趋之若鹜。那无际的浩渺，那隐形其中的奥秘，盛唐的典籍里，可有那一首塞上之曲，韵致里落满吕洞宾的传说，长风里可有十番锣鼓的声响？

我们在千年古镇吕四，传说八仙之一的吕洞宾曾四次云游此地而得名。那海，水光如鳞，迷蒙缥缈。

2

意象里有蓝，深蓝，淡蓝，紫蓝，是港城梦的天籁。

"吕四港者，将夹于扬子江北端处，建立渔港也。"民国初年，孙中山先生在《建国方略》中提出了在吕四建立港口的设想。但在星移斗转的光阴里，梦想总是遥遥不及。一座城或一个镇在向前行进的时候，总有古今的矛盾冲撞，总有现实的形形色色的羁绊，吕四也是。守旧，意味着脚步蹒跚，前卫又恐怕和历史出现断层。于是，传说依旧在时光里传说。

但历史需要纵向回望，也需要横向成长。

挪威的卑尔根、秘鲁的卡亚俄、中国的沈家门……这些大港在吕四面前是多么具有召唤力和诱惑啊！从"茅屋绕白沙"的小渔港，到"万条渔船一港收"，难道真的有不可逾越的鸿沟？

吕四，需要在历史前行中落子布局。

东方大港——高等级环抱式港区，如今论证尘埃落定。

那璀璨的蓝，风生水起。

<h2 style="text-align:center">3</h2>

再去说那些沙。那片滩地注定要有凤凰涅槃的新生气息了。

围垦的第一步是沿海筑堤，把可开发利用的那些滩地围在堤内，不再受海潮上涨的侵害。向导说，修筑这样的堤岸，一个个吹沙袋灌装的泥土堆上去，一忽儿就被海水冲走了，合龙很是下了功夫。眼前的滩地是日后的后备土地。

那沙里分明有黄金，有珍珠。

港口物流、海洋渔业、生活配套……临港新城正崛起。

近代历史上著名的围垦开发，应该追溯到 20 世纪初年张謇筹办通海垦牧公司了。在大清王朝的最后一轮弧线里，挡浪长墙曾用光芒照过吕四。

途中正好经过挡浪长墙。由张謇出资，荷兰水利工程师指导，历经 10 年修筑而成的挡浪大墙，远远望去像修筑在海上的长城。当年就是这道坚固的屏障，把狂潮恶浪拒于堤坝之外。如今挡浪墙虽已垮塌，只剩下寥寥数根石柱，但雄姿犹存，也见证了一段传奇。

围海造田，向大海要土地。

吕祖文化，海洋文化，古朴内敛，自由奔放，注定在这里水乳交融。

4

记住一些人。

在南黄海的风里，在这一望无垠的滩地上，这里本是一片荒芜，神秘、辽远、寂静。他，他们，虽然没有吟唱"更立西江石壁，截断巫山云雨，高峡出平湖"，但他们是当代的行吟诗人。大风起兮云飞扬，他们在这里一守就是多年。记住这些带着激情与深沉、为这一片滩地流血流汗的人们。

他们就是戈壁上的白杨。他们理应和吕四的传说、吕四的号子……一起写入历史的丰碑。

风流水逝拍岸间

听听历史上那些发生在长江里的战事，淝水、赤壁、夷陵、鄱阳湖、渡江……哪一场不是剑拔弩张？哪一场不是惊心动魄？那搅动的哗哗流水和战争相提并论，让人感觉水的无比凌厉。

一个午后，我到达海门临江渡口的时候，流经我脚下的长江已没有了无风三尺浪的气势，只是泊泊地、轻微地和岸上的石级叩击，像是暧昧的低语。

渡口略窄，对岸黛如眉。渡轮缓缓从那黛色中驶来，若一朵飘浮的云。江水碎碎如鳞，像琵琶上的轻拢慢捻，小弦切切。向西望去，只是迷蒙一片，遥远的唐古拉山又在哪里呢？

自从长江上一座座大桥凌空飞架，渡口显然冷清了许多。昔日，茶叶蛋、冷饮、盒饭……买卖的吆喝声铺天盖地，而今只剩下几排孤零零的水泥房子相守，几根阻拦汽车的铁链条无精打采地耷拉着。渡口随日出日落，按部就班，像返璞归真一样。几个工作人员步子也很散淡，让人感觉浮华消逝拍岸间。渡轮的汽笛声偶尔带来些生气，却格外衬出渡口的安宁。

渡轮渐渐向我们驶来。天色不是太好，初夏的雨刚刚落过。天空有一大片黑压压的云，像一只雄鹰在天空展翅欲飞，云的中间部分裂开了一点，露出了一些亮光。一忽儿，这种亮光拉长了，像一根细长的金属线悬挂在天空，大有裂帛声响、山雨欲来风满楼的征兆。

长江的华彩部分向来属于雄性，比如"赤壁"二字。在那开阔的江面上决一雌雄，兵家们乐此不疲。羽扇纶巾，谈笑间，火光映红了长江，也照见了多少英雄豪杰。北方马背上的多少精兵强将马失前蹄葬身长江，那种惨烈，长江兼收并蓄笑纳了。多年后苏轼来到那里，唱起了词，在乱石穿空惊涛拍岸间，在卷起千堆雪的江山画卷里，回看赤壁烟消云散的沉静。人生如梦，一樽还酹江月，长江浊浪排空依然奔流不息。

我从南京回南通曾特地坐过一宿的夜航船。夜间的船头，长风清冷，长江两岸的灯火和天上的星光构成一片篱落，迷惑了我的视线。历史、沧桑、告别的石头城，那些好听的名字，栖霞、白下、秦淮……历史里的芊芊莽莽，一如离愁，让我惊叹天地之间的日月精华。

在燕子矶投江的诗人，清华园才子朱湘。生生太多的无奈、逼仄和拮据，他选择于 1933 年 12 月 5 日投了江。据说他当时购买那张船票的钱也是借的。他当年的孤傲，结局竟应了他自己的一首《葬我》："……就烧我成灰 / 投入泛滥的春江 / 与落花一同漂去 / 无人知道的地方。"

长江，有令人黯然的地方。

南京往东一点的瓜洲我也去过。唐代高僧鉴真从这里东渡，下江南的康乾二帝及历代诗人墨客留下的诗篇，让小小的渡口成了一绝。更是杜十娘的爱恨，让瓜洲成了探幽的好去处。冯梦龙的代表作《杜十娘怒沉百宝箱》，是明代白话小说集《警世通言》里的名篇。而今沉箱亭静静地立于古渡景区，上面的红漆有点黯淡，古渡只剩下薄影。石碑的背面记述着杜十娘投江的故事。那个抛弃杜十娘的李甲让许多后人羡慕妒忌直跺脚。

听听《春江花月夜》吧，用琴瑟去平和一些激荡与悲凉。"春江潮水连海平，海上明月共潮生。滟滟随波千万里，何处春江无月明！……"张若虚把春、江、花、月、夜五种物象构成了人生最动人的丹青，有人称其"孤篇横绝"，成"墨分五彩"中的一绝。绚烂、瑰丽，用生动的气韵击退了浮世的喧嚣。"哀而不伤"，使我们得以聆听到盛唐时代之音的回响。

江月有恨，流水无情。词里的生情、文情、爱情……一切美好的气息，让人爱恋。战争、爱恨、离愁，让它搁一边去吧。从五光十色、黑白相辅、虚实相生中，去体悟生命的绚烂。

泥沙俱下，悉数历历。博大的长江仿佛一切都包容，战争、爱情、生命……人世间的一切浮华、落寞。流经我脚下的长江，到了下游，在奔流到海不复回的前夕，正是以这样的佛心道骨去参悟溯源回绝和惊涛拍岸。

少年时，穿过芦苇荡看长江，听涛啸，看大雁南飞，大有横刀跃马指点江山的气概。中年时看长江，迷迷茫茫，潮来潮往，静听拍岸又觉是另一种人生气度。

夏雨初歇，泛黄的泥水流入长江，天阴，江水黄。眼里的风景哪有"半江瑟瑟半江红""江清月近人"来得好，但友人一句"浑黄的江水在拍岸间清澈了我的视觉"，却让我觉得整个午后的审美鲜活了。

庙港河影

1

庙无痕，港也无踪。它名字里隐藏的细节成了我的追问。我想从历史的片言只语里去解读，它应有另一番情致吧。但河流无声，在秋阳下晃眼、静默，只是恬静。

它的历史太短，唐的典籍或宋的词阕自然没有它的记载，就算这座小城，也不过短短一两百年而已。它的源头究竟在哪里？它流经的时光，折过的弯，映照过的人呢？晚清的踪影，民国的风情，这些散落的陈迹，不动声色地沉积着历史的沧桑和凝重。

200多年前，这块土地尚一片茫茫，海水黄浊，长江泥沙俱下，慢慢沉淀，最后积沙成陆。那时，月光无垠，河流窸窸窣窣流淌，身姿浅浅，婀娜多姿，像书法，笔走龙蛇一般。如果用沙画来表达，真像从长江里伸出的枝丫瞬间有了最初的月光，有鸟兽鸣虫光顾，鱼虾大胆爬行。但没有人迹。那时的清王朝世界已是波谲云诡，这里却万籁无声，混沌初开一般，仿佛比《诗经》还早，充满了原始气象。

庙港河南北走向，据说原先有72道弯，因两岸有许多港汊，形似几十条巨龙汇集于此，故又称"汇龙河"。县城汇龙镇因河而得名。光绪七年（1881年）《崇明县志》中就有相关记载。

我在一张离退休干部年画中，见过环绕市区的庙港河。它宛若一条巨龙蜿蜒穿城而过，气势轩昂。

　　当年县城由此处开始繁衍。

<h1 style="text-align:center">2</h1>

　　后来这块土地上渐渐来了人，江南的、崇明的，还有朝廷流放的，沙地上便有了吴语和其他语言的夹杂交汇。他们窃窃私语，劳作的声响唤醒了河流。河流照过他们的青衫，照过地主家长工挑水的木桶，照过少爷小姐的清秀脸庞，还有他们行舟水上轻哼吴侬软语的歌。河流听见了人们的笑声，也见了他们多情的眼泪。

　　晚清的天空明朗，一去二三里，烟村四五家，沙地上简直有了牧歌的气息。或许也有江南或远方的消息，但朝廷毕竟远了。

　　关于庙港河的"庙"，市志上有确切记载。汇龙镇向西南后折东的拐弯处（大体在今行政中心位置）有一座娘娘庙，系当地人施永久创建，时间是清光绪七年（1881 年）。庙坐北朝南，有砖木结构房屋 9 间，中间为殿堂，供观音和天后娘娘，还有两侧厢房 14 间。庙后有座土山，高七八米，山上有凉亭……

　　传说庙建在龙身处，充满灵性。长江每次发大水，庙港河南头的滩涂总要坍塌，但大水涌至娘娘庙前即止。

　　那时庙内晨钟暮鼓，佛声绕梁。络绎不绝的善男信女划舟子而来，执香火，祈祷风调雨顺、一生平安。

　　河流的名字应该是文化人所取，不像沙地孩子名字那样大娃二娃或大狗二狗那么草率和土气。"庙"字让河流有了古意，有了佛的慈悲。我相信你的祖上肯定也去过，脚步跨过殿堂门槛，随后点一炷香，念一声阿弥陀佛。至于许的愿，谁也不知道，随着时空转换，它们被风沙带走了。

　　"港"也有一解。据《启东水利志》记载：启东的河道大多由沙洲间或沙上水道自然形成，也有人工开掘。凡两沙间流水，日久见窄，因势利导成河的称"洪"，如大洪头、小庙洪。入江入海口，潮汐往来，船舶出入的称"港"。庙港河属后者，故称谓中带"港"字。

　　沿着河流行走，我隐约听到了1932年7月1日夜间的声音。启东反动县长费公侠吼道："周趾麟，还有什么话要说？"周趾麟（1911—1932年）坚定地回答："要打倒你们，我们共产党人是杀不尽的！一定会打倒你们！"那年周趾麟21岁，时任启海县委书记，他的殉难处就在娘娘庙。

　　据市志记载，1928年启东设县时，娘娘庙部分庙房曾腾作公安局办公用房，后在1933年创办启东初级师范学校，1938年又办小学。几经折腾，庙里香火渐微。1944年日寇侵占时，庙房被伪军拆除，砖木用于建造庙港河南头的泰安镇据点，庙遂止。

　　20世纪60年代兴修水利，因调直河道，将该段河址向东移了150多米，庙址、烈士殉难处荡然无存。

3

　　河流不动声色，用饱含光阴的笔墨，独自书写自我，有冰冷刺骨，也有我们无法感知的疼痛，还有一次次的梦魇。

　　鬼子的兵船，曾从长江口的泰安港驶入。飘着的膏药旗和架着的机枪，河流见过。河流想喊醒沉睡的人们，但它心有余而力不足。它内心有寂寞无力的焦灼和疼痛，有茫然无措。1938年某日，日军从庙港河下船，叫嚣着进入汇龙，枪声响过街头巷尾。为报复启东人民的反抗，鬼子火烧县城三天三夜，汇龙镇成为日军在苏北烧毁的第一个城镇。狼烟起伏，血流如注，河流陷入了死寂，只有风发出如泣如诉的悲鸣。

抗日战争时期，庙港河南边的泰安镇据点里，驻扎过日本侵略军旦马小队、独立12混成旅团52大队石原部队、61师团菊池联队。他们的哨声，他们的步伐，他们划过夜空的探照灯，河流都记得。河流就是一部血写的典籍。

庙港河北头的人民桥边上至今屹立着启东军民首战日军纪念碑，在这里打响了启东抗日的第一枪。

如今河流婉约流过，无声无息，将一切血泪沉入河底。

4

河流也见证了繁华和喧闹。江南的小曲咿咿呀呀流在河里，河东瀛洲书厅里的评弹音符，吟过落霞与孤鹜。

庙港河市区段河道相对宽深，装卸码头集中，船只进出频繁，100吨级货船可直靠码头，20世纪七八十年代水运特别繁华。北段较窄，只能通航小货船。未接自来水之前，市民在河里淘米洗菜日常取用。随着陆路运输越来越便捷，水运舞台渐渐淡出，80年代后期庙港河已不再通航。

可是河流的生存有暗潮汹涌，也有一波三折，污水、淤积、崩塌、漂流物都会对它造成伤害。由于疏于管理和养护，从20世纪80年代开始，沿河部分企业直接排污，居民随意倾倒生活、建筑垃圾。很长一段时间，庙港河沿岸杂草丛生，蚊蝇密集，河水污染相当严重，已难觅诗意和景观。

我在历史中寻找那个名叫陆仿吾的人，市志里关于他的记录只有一句："光绪二十八年（1902年）由陆仿吾先生请准于翌年疏浚，至中央河止。"他是文字记载中最早提出疏浚庙港河的人，他最初医治了河流。于河流来说，他是扁鹊、华佗转世。甘愿为这条河流奔走请命的人一定有兼济天下的情怀。

如今的庙港河不仅成为贯穿启东市城区南北的大型生态长

廊，更是担当着向长江泄洪排水的主通道，是城市的生命通道。我查阅了 1998 年至 2015 年的年鉴，在密密麻麻的文字里摘章寻句。那里断断续续有庙港河保养的记录，寥寥一两行文字，却是河流生命最好的诠释。

为庙港河奔走的人，除了陆仿吾以外，还有很多无名氏。他们如弓的影子，为河流的衍生、拓宽、走向，打过一场场攻坚战，唱过一首首壮美的疏浚之歌。

在清如许的河水之中，我感怀着那些墨点般的人影，在沿河两岸全线铺开，挖、掘、用泥箩担子挑，一步一颠地完成着这项伟大工程。如果在空中进行航拍，那将何等壮观！他们从历史中踉跄走来……我也感怀战争中那些不屈的脊梁。

河流，仿佛红

过年了，一些鞭炮屑子落入田野，也散在李叔门前的河岸。过几天颜色淡了，随风飞扬在杂草间……

那些年，父亲和一大帮男人拉着运砖的船从远处走来。他们将缆绳挎在肩上，步履跟跄，让我想起伏尔加河上的纤夫。我心里隐隐闪过缆绳留在父亲肩上的红，心里有着揪心的疼痛。

一大群女人和孩子在岸上叽叽喳喳，睁大眼睛盼着船只靠近。

船终于靠岸，男人女人的声音铺满了整个河岸。他们排着长长的队伍，相互间隔一步，像击鼓传花一样，从船上搬出砖块，抛出、接过、叠放。笑声、骂声、带色的笑话绵延了好几里。船有数条，映得河水通红。孩子们在人群里瞎串，只等晚饭。在大人们将砖块叠成一个个城堡模样的时候，我们便爬上去搭建碉堡，玩战争游戏。我的记忆里，这条河流密藏了红，无垠。

李叔会磨剪刀，也行医，络腮胡子，喜欢翻白眼逗我们，还用胡子扎人脸蛋。他打针的时候，酒精棉球在我们屁股上擦了一圈又一圈，那种凉丝丝的感觉很是恐惧。然后他"啪"的一针扎上来，嘴里慢条斯理地说："老花蚊子一只，好！"孩子们都怕他，背后叫他"李白眼"。平时大人们见小孩瞎闹，一说李白眼来了，孩子就乖乖听了话。

河岸长满了乌桕、榆钱、栾树。正午或黄昏，两岸生出的炊烟，让乡村有了生命的动静。我有时有了心事，就孤独地坐在那河边，看春日的绿色映照河流，看落叶悠远地流向远方，将一个个午后淹没。冬天，树叶掉光了，只剩下光秃秃的枝丫在风里摇摆，吟出"呜呜"声。河流清冽、灰冷。成片的黄白色茭白叶子丰茂了一岸。孩子们在茭白叶上点火，火顺势蔓延开，像云霞烧在天边。

李叔有6个儿子1个女儿，可惜女儿夭折。李婶从那时开始，有了胡言乱语的病症。

李婶烧的菜味道鲜美，我们总是等她走进里屋不注意的时候，蹑手蹑脚进去打开扣篮偷吃。

她家还有一棵枣树，有些年岁，枝干上刻满了岁月的秘密。秋阳从树叶间泻下来，零落于水面，像无数个碎碎的梦。枣子熟了，我们爬上去采摘，李婶见了就骂。一次，我们想了个两全其美的办法。四五个孩子分成两组，一组摘枣，另一组去她家偷吃。我们围着她家院子转圈，李婶拿着晾衣竿骂骂咧咧追得满头大汗。孩子们很开心，现在回想，却很忧伤。

李叔去队里出工前，将儿子们一个个绑在桌脚，收工后回家给他们煮饭。这么多孩子，是他生活的牵绊，也是日后劳力的希望。等他们一个个长大后，李叔却又将他们全部送往边疆当了兵。那时经常有邮递员送来喜报，为李叔在村里挣足了面子。每年年底，村里还给他家发春联和年画。李叔家被红色包围着。东墙上的镜框里，儿子们扛着钢枪或者倚着大炮的照片英姿飒爽，门前的河流也格外动人有致。

又过了好多年，沿河的好几户人家都搬走了，只剩下几栋空空的老屋，里面结满了蛛网，像逐步失去光泽的老人的脸。皱纹的沟壑里，是时光带走的隐秘部分。李叔却还在那里居住，夜晚的老屋闪过幽微的灯火。

每次回去，我总喜欢往河边转悠，听听槐树、榆树摇曳的声响，陷入寂静和回忆。李叔最后的岁月留在了敬老院。据说他留下了一些金银珠宝等收藏物，儿子们给分了。有几个盘子还很值钱，单独一个就卖了上千元。这些都是他走街串巷磨剪刀和行医时顺便回收的，村里人都说李叔是个有心人。

我走在河边，想起李叔门上的红色对联，想起在河边运砖的父辈，不经意间还想起"人往风微"这个词。只见他家门上的铜环孤单，河面划过许多皱褶，一浪又一浪。

一声平仄里的念想

1

我想踏着月色去找寻当年明月，但最后选择了暮春的一个正午，阳光忽明忽暗泼出光芒的时候，明晃晃的水泥路却如古代仕女甩出的一匹绸缎直甩向远方。

那一轮明月究竟装饰了多少人的梦？

那天，我从海门汤家镇大新河一直往南，去了卞之琳故居。

不认识路，正好遇到卞之琳最小的外甥，70岁左右的一个老头儿，他在门前筑路。知道我要去看卞之琳故居，他连连摇头说没啥看的。怕我不信，他放下手中的活愣愣地看着我，还强调了一遍"真的没啥看的"，继续忙活。可我还是好奇，并向他打听了一个名叫施祖辉的人，因为之前我一个朋友造访的时候，施祖辉向我朋友介绍过卞之琳的一些逸事。"哦，那是我的大哥。"他指了指西边，"你去那里看看吧，喏，那个就是。"他指向那个穿深色衣服的老头儿，随后继续修路。

施祖辉是卞之琳的大外甥，称卞之琳为舅舅。他原是汤家中学语文教师，已退休20多年。他戴着助听器，和人交谈有点困难。知道我的来意，他的妻子凑上前来说卞之琳故居早就没了。见我不相信，她领我去了一块空地。那里长满了春天的植物，一点也看不出故居的痕迹。她说，原先这里有两间朝东的小屋，是卞之琳的，在20世纪"大跃进"年代就已拆了。

我在空地前伫立良久，白云千载空悠悠般的隔世恍然。想象诗人咿呀行吟的童年，那些活蹦乱跳的身影，一转身已然近百年。时光所向披靡，物不是，人也非。那里有一棵水杉却长得飞扬挺拔，可是关于《断章》，它又能吟哦多少？

2

卞之琳留下一女，如今在北京生活，她没有生下一儿半女。卞之琳在汤家最近的亲人就是施祖辉老师一家了。施老师约我进屋坐坐，江海平原上最普通的3间瓦房。故居无影，我想大师多少在这里应该留下点印迹吧。施祖辉老师的妻子连连摆手，"没有没有"。随后双手交叉，凝视着远方。我想，也许她不喜欢我这样的打扰。

施祖辉的儿子施骏——一个近半百的中年男子，热情地领我去了东屋看看。他说确实没什么，前些年海门中学成立卞之琳纪念馆，很多东西都运往了那边，家里所剩不多。施老师妻子插上话："那时啊，是成捆成捆装上车拉过去的。你要看的话，那里有。"但我觉得那种所谓的纪念馆太过阳春白雪，我潜意识地认为大师的韵脚应该在这里。

施骏拿出了《漏室鸣》《雕虫纪历》《雨目集》等五六本书，除此之外书柜里再也没有了。作为新月派的代表诗人，卞之琳作品入的选集，总是和艾青、老舍、何其芳等排在一起，让人感叹他的才华横溢。但在这里只看到寥寥几本书籍，我很失望。身为卞之琳的后代，应该多留一点啊！我在一些文友家里看到卞之琳的书比这里还多呢！施骏笑笑说："我们这些在外打工的哪里关心这些书啊，哪天抽个空到网上去购一点吧。"

施祖辉老师抖抖索索翻箱倒柜给我找来一些书信复印件。

作为家族里的文化人，他曾经为了卞之琳的事奔走呼号过。我从他的眼神里看得出当年的荣耀，可是现在他力不从心了。他领我看了西屋里卞老留下的一个衣柜、书橱和一张大床。这些物品他们至今沿用着，褐色的格调和老屋相得益彰。可是我疑惑，多年后，他们翻了新屋或者购了商品房，这些又会搁置哪里呢？

关于卞之琳的故居，我在很多文章里看过。我曾被那些唯美的风物和细节深深感动，因此让我时常产生去看看的冲动。施老师的妻子笑笑说："那些都是假的。我们曾经还和人家计较过，后来想想算了。这些写文章的拿点稿费也不容易，再说也不是侵权或者诽谤。写的人很多，哪里计较得过来啊？""有一次不知哪个电视台过来采访，我们不在家。他们见门关着，就跑到东北角邻居家里去拍了。正好赶上我们回来，我告诉他们弄错了。他们几个小伙子不听，继续在拍……"施老师领我去东北角那里看了一下，很古典的民居，蛮像名人故居的。

3

我和施骏在庭院散步，庭院里，春天的植物正伸懒腰。想起散文《空庭》里一句："盼望白鹭飞回春阳后的明媚。"卞之琳离世距今年的春天不过10多年，怎么让人觉得就这样春草荒芜了呢？

我和施骏神侃——重新砌两间小屋，整理大师书籍、照片，然后在北边的公路上立一块咖啡色的牌子，做个箭头……或者拉个赞助，建个休闲文化会所，以大师为名片……我们开怀一笑后，默默无言起来。

我不知道若干年后，他的后人会不会吟着《断章》去寻根觅祖？就凭五六本书吗？在一个普通人家的一张照片或家谱里有时也会扯上一段过往的历史，而大师呢？过了一会儿，施骏说："留个小屋，从亲朋好友那里整理一些散失的遗物应该还是可以的。等过一阵吧。"

施骏也要去门前修路。他说他常年在外打工难得回来，理应去帮上一把。于是我们互留电话告别。这条路原是汤家镇的老街。踩在那里的青石板上，卞之琳也许想起过他朋友戴望舒的《雨巷》。现在那条承载经年历史的旧路，也要重新整修了。要想富先修路，确实在理，但我的心里念想着另一条路，它在我心里蜿蜒曲折。生命之旅上，不知要不要这样的精神之路和人文关怀？我甚至急急地盼望施骏能早早去修筑，但我不知道他能否去担当。如果仅仅从名人的后代这个烙印或准绳去勒住他个人的人生旅程，他的出生就意味着去应对这样一种使命，对施骏来说，是不公的。靠民间资本运作或民众的自觉，那似乎也很渺茫，有点南柯一梦。我真希望一些文化人或倦于商场的人落脚这里，像落脚丽江和大理一样。这种故居究竟作为文化的一种信仰存在还是物质效益的生成？缅怀，复制，按图索骥，商业运作，我脑子里胡乱闪过这些概念。

也许一切都会像风一样散掉。

如果再次纪念新文化运动这些文化先驱的时候，我疑惑，一些媒体还会不会去东北角邻居家拍摄。我回去的时候正好经过那里，认真地回望了一下。那里四周插了木质篱笆，墙面涂了粉色，庭前大树婆娑多姿，蚕豆花在风里摇曳，仿佛翻唱当年的歌谣，很虚拟也很古典的况味。

但它怎么可以装饰你我的梦呢？

弧形上的重量

1

老街的尽头远在向晚的烟色浩渺处，残阳的光影零碎。我们行走的背影一融入老街的灰调，那幅黑白水墨画上便顷刻有了灵动的美。那一字散开的褐色排门，那触手可及的低低廊檐……让人念及江南水乡的清幽和古意。那些跌宕的故事，那些微弱的细节，消散在时光的罅隙里，零落在斑驳的苔痕中。似有燕子斜过的穿堂风，似有晚清民国的薄影，浓浓的沙地原味中，是吴歌的长调遗韵吗？

立于料峭春风中的寿丰石桥像一出压轴大戏，在我们游程接近老街尾声的时候，带给我们一个大大的惊叹。两侧桥柱上的石狮神态迥异、栩栩如生。栏板上乡贤沙玉沼所书的"寿丰桥"三字，笔力劲挺，刚柔拙巧。建桥的石板石条，据说均从苏州等地运回。那时，行舟水网交错的沙洲，全靠人力拉纤。在弯弯如弓的桥上漫步，我仿佛遇见了那声声号子里惊动的一船星辉。时光，在河水的光影里荡开细密的波纹……

清朝末年，那个甩着长辫名叫郁寿丰的男孩儿，曾在这街上拽着母亲的衣角，用铜板买过早点摊子上的馒头，用鼻子嗅过豆腐坊里飘出的清香；或许还在竹器店傻傻地看过人家劈篾，挤在人群里看过街头艺人的杂耍……

他从巷子那边走来，一直走到了我们今天脚下的河边。那时还没有桥，只有清冽冽的河水流淌。他在大河里看到了自己的影子，河面上的波纹渐次散开，他的心思随着水波在梦幻和现实里摇荡。也许他当年的梦里就有这样一座桥的影子在晃动。后来他涉过万水千山，终于又回到这里，并把梦安在了这里，竟如此真真切切。

他先后出资建了 11 座石桥，如今大半已毁，剩下的四五座石桥依然坚如磐石，以弧形的姿态，连着此岸和彼岸，在启海大地上承载着百年风霜，迷醉了月色与天光。

2

郁寿丰（1873—1926 年），原名世丰，后改寿丰，字芑生，启东曹家镇人。

他上了 3 年的私塾，后去了海门类思学校。那是一所不收学费的教会学校，深得贫困家庭积极响应。在洋神父面前，一开始他还有点怯生生的，渐渐地在语言学习方面脱颖而出，拉丁文、英文尤其学得出色。

其实在和寿丰桥照面之前，我们已去过小镇的德肋撒堂。这样回望，真像倒叙一般。

该教堂始建于 1933 年，是郁芑生的儿子郁震东秉承其父遗愿，斥巨资聘请德国建筑师设计，为当时国内第六大教堂。慈悲情怀，或许是郁芑生的另一个梦。有人说，童年的梦会跟随人的一生。他的这个梦却实现在身后。他幼时父亲早逝，家境贫寒，后又得教会恩泽，良善早已根植于内心。

中华人民共和国成立后，教堂曾一度作为粮站、礼堂和水泥厂使用。如今教堂由一家房地产公司购入，已得到修复。步入教堂，穹顶上垂下紫色白色的窗幔，如梦如幻。两边玻璃窗上有临摹提香、格列柯等外国画家的油画，让人产生斑斓迷离的感觉。四周墙体共鸣特好，说话回声大而清晰。在木质长椅坐上一会儿，只觉庄严神圣。想象做弥撒时的情景，那洪亮的唱诗，那辽远的钟声，定有无边的诗意。遥想 20 世纪 30 年代，在那个曹家小镇上，能有说着外文的传教士在穿梭，传播着宗教和文化，那是思想上的另一种弧度，即使略略隆起，在当时，无疑给世人一种视野的开拓。

工作人员说，该教堂尚未作为商业用途。其实对"商业"二字，我曾一度很是排斥，现在似乎渐渐接受。如果没有资本，那么连一点念想也会式微。资本的运作有时是抢救，有时也是破坏，如果有度，则是锦上添花。

郁芑生 17 岁那年赴上海浦东同昌纱厂谋生，经人推荐，利用夜晚不上班的时间在美国神父身边做了助手。5 年下来，口语翻译已是炉火纯青。

那个年代，一边是清王朝的腐朽没落，另一边是西风东渐。作为年青的一代，郁芑生很快接受了新事物，翱翔于时代的风口浪尖。

在张謇实业救国需要用人之际，郁芑生经人引荐，成为张謇的得力助手。那是高山流水遇知音的一相逢，是将遇良才的欣喜若狂，是出自肺腑的提携，是出生入死的追随。

郁芑生为人坦荡正直，办事周密妥帖，凭着一口流利的英语活跃于沪上。他驰骋商海，劈风斩浪，纵横捭阖，名重一时。在商言商，利之外，我相信，他身上更多展示的应该是情、义、善。商海起伏，古往今来，多少人跌宕沉浮？他的大成对于今天的"商"依然有着现实参考意义。

他赴英考察、采购、谈判，为兴建和扩建大生二厂、三厂立下汗马功劳。他赚取哗哗佣金后，看到状元公资金周转困难，又悉数交还，于是愈发受其器重。

据史料，郁芑生在英期间，正遇清政府南洋大臣端方受命考察欧洲各国。端方和张謇是旧交，知郁芑生购置机器设备精良，价格又便宜，对回扣分文不取，很是赏识，便邀郁芑生担任翻译。郁芑生反应敏捷，翻译精准。回国后，端方向朝廷竭力举荐，郁芑生被封为候选道，授予朝议大夫。但他觉得官场过于腐败，不愿置身其中，愿意跟随张謇致力于实业，同时继续做着慈善。郁芑生的人品和才智，得到了英国商人的赞许和折服，被吸纳为英国商会第一个中国籍会员。

除了建桥之外，郁芑生还为家乡办了 6 所小学，救助家乡附近的孤贫残者 300 余人……

仰望德肋撒堂，我看到了那哥特式教堂的高度，也看到了郁先生俯首弯下的弧度。

3

郁芑生陵园位于小镇北，和教堂、寿丰桥形成了一个三角之势。启东、海门、上海，不也是一个稳定的三角吗？难道是冥冥之中的注定？那又是怎样的隐喻？一天，我约了友人特意去瞻仰。

坟山高出地面数十米，墓墙为混凝土结构，呈一个大大的弧形。鸟雀掠过槐树的枝头惬意地歌咏，翠色的音符瞬间打破了四野的宁静。墓草离离，在春风中无语。

据说，当年他的灵柩运回故里，泰州、如皋、南通、海门、崇明五县知事出场相迎，沿途百姓跪拜致哀。

墓碑为 1.5 米高、约 80 厘米厚的方正青石。其撰文、篆题和书丹者都是当时名流，集前清状元、榜眼、探花书法之大成，足见其厚重和分量。

正面碑文为清朝科举榜眼夏寿田所题。碑身侧面祭文为中国历史上最后一位状元刘春霖所撰，其书法清秀刚劲有"楷书冠当世，后学宗之"之誉。据说，求他一字相当困难，许多公爵名流都被拒之门外。能为郁芑生撰写洋洋洒洒千言，足以彰显郁芑生的人格魅力。祭文书丹者为清朝探花郑沅，相惜之心溢于字里行间。

　　"文革"时墓地遭到很大破坏，墓碑至今侧翻在墓墙几米之外的土坡上。哀歌过后的石碑，到底会有多少铭记？石碑上的名字，朽或不朽，任岁月所说。

　　其实，另一座丰碑早已崛起，镌刻于河山。

　　生于斯，又复归于此。年少追梦，慈悲情怀；人生归处，成一弧线；回归大地，如此轻盈又如此厚重。

　　轻吟寿丰九桥上那副对联："几番欸乃声中风送打鱼船过，一段烟波影里月随转土人来。"我分明感觉到了那弧线的长度和高度，就像寿丰桥俯首的河流、仰面的天空。

刀上的相思

1

王韵清摸着那把刀叉般大小的日本钢刀。已近 60 年，刀刃早已磨损，却依然锋利。这刀，系丈夫鲍志椿从日本人手里缴获。此去经年，王韵清摩挲着这把刀，把相思寄了更深明月，说了庭院梧桐。

枕河而建的常熟王庄老街，始建于清末。鲍志椿的故居，青苔染了庭院，白墙积了斑驳。若时光倒退 100 年，光影之下，便有另一番风景旧曾谙的江南气息。蜿蜒如龙的街面上，茧行、木行、酒肆、肉铺和茶馆书场……好一派繁荣的景象。1914 年 5 月 8 日，鲍志椿诞生在那里。

可惜 3 个月后，父亲就去世了。江南的水墨画卷里，多了一种哀伤的颜色。青石长街上，荡过鲍志椿孑然的背影。小桥流水处，留下过他用瓦片犁开的一圈圈波纹……

春去秋来，渐渐成长的少年心里怀了策马天涯的梦。那梦绝不是虚幻、虚无，那是长风破浪兼济天下的情怀。70 年前，鲍志椿风雨兼程而来。常熟、苏州、无锡、上海……长三角地区，留下了他一串串脚印：

"高中毕业后，他在无锡组织工运，后被捕；1935 年入上海暨南大学；1936 年加入中国共产党；在校期间积极参加抗日活动被校方开除；1937 年抗日战争爆发后，在家乡组织同学成立抗日救亡小组……"

梧桐叶上三更雨，叶叶声声是别离。江南巷子的执手相送，乱世烽火里的鸿雁传书……战争让人放下了儿女情长，晓风残月可记得？

2

王澄也从江南来，他到启东的时间要比鲍志椿早一些。冥冥之中两个爷们儿的相遇，仿佛是一阕对酒当歌，一次生死之约，一场旷世的等待。

王澄家境贫寒，祖籍镇江，生于上海。高中毕业后，即投入抗日救亡活动。1937年8月13日日军进犯上海后，他被国民党江苏省政府派往启东久隆防空监视哨工作。第二年春，日本侵略军蹂躏启东，王澄目睹惨状，愤然离开哨所，参加了启东抗日义勇军。

同年出生、同住江南、同在苏北……英雄惜英雄。历史风口浪尖上的握手，人生舞台上且战且行的拍档，注定是一场华彩的序幕。王澄，新四军东南警卫团团长兼东南行署主任；鲍志椿，东南县委书记兼警卫团政委。向导介绍，他们曾在半个多月时间内，围攻敌人据点10处，作战81次。曾领导发动对日伪的秋季攻势，先后拔除据点12处，缴获九六式机枪6挺，赢得反"清乡"斗争的重大胜利……日军称王澄、鲍志椿是两只"老虎"！

1944年12月26日，旷野里大寂静。鲍志椿和团长王澄率领部队驻扎在巴掌镇附近的村落。隆冬的村庄当有五更的鸡鸣、薄薄的晓雾，但气息里隐约着无声的悲悯。由于行踪被敌探悉，王、鲍两人在外察看地形时，子弹呼啸而入，直穿两人胸膛，他们一南一北倒在血泊中。芦苇荡的衰草染满血色随风摇曳。他们同时牺牲于日军狙击手的一颗子弹。

这样的结局，王韵清也许有过万千意料。但当结局来临的时候，却如刀一般剐在心上，如此锋利。

再听窗外梧桐雨，一叶叶，一声声，空阶滴到明。

我到王鲍革命老区的时候，斜阳偏西，几近黄昏。烈士纪念馆内几只喜鹊划过头顶，欲说还休。陵园内松柏苍翠，天地间寂清、安宁。大理石碑上书"王澄、鲍志椿烈士纪念碑"，后面是两人的塑像。戴着眼镜的鲍志椿左手靠在王澄的右肩，右手反于身后握着军帽。两人目光坚定地注视前方。为纪念两位英雄，他们的牺牲地取名为王鲍镇。

那把钢刀还在，王韵清过世后，由女儿鲍浪捐出，陈列在纪念馆北侧的展厅。仔细端详后，我脑海里便有王澄和鲍志椿奋勇杀敌的意象，也有一个江南女子满腹的相思。

我一直试图获悉那个日本狙击手到底是谁，他是不是后来也葬在了中国的土地上。我只想说，先进的武器和冷枪并不能说明什么。历史的定义，永远是邪不压正。今天的王鲍大地上，草木扶疏绿色葱茏，那是生生不息的民族魂。

从纪念馆出来，我们在当地"泊水居"农庄稍作休息。很巧的是，一位日本客商也落脚那里。我想和他聊上几句，可惜由于时间关系，没能如愿。他来王鲍，或许知道王鲍的故事，或许不知道……

至于刀上的相思，我想，只有岁月会懂。

另一种成全

1

传说总会赋予我们时间与生命的想象。

循着春风，在灯杆石桥远眺，两边河滩宽阔平整，菜花金黄，麦苗翠碧，色泽灼灼。

同行的一群人早已按捺不住行走的脚步，拿着单反和手机走下河滩，瞬间淹没于花丛。

有人驱车路过，特意摇下车窗高声问田野里追逐的我们："你们找什么呢？"

"找春天！"竟异口同声，一片欢呼。

2

这里有骆宾王的传说。

我曾一个人多次漫步这里。禅意的风掠过，鸟之切切吟唱。头戴斗笠的垂钓者，专注于水面。偶尔，几只白鹭飞过，横翔竖降，上下腾落。

脚下原为闸桥，随水位涨落，通过闸门控制南来北往的船只。向下而望，仿佛还可听见那席卷的滚滚水流。岸旁几间水泥灰的小屋，随小径蜿蜒远去，颜色古旧，上面店名红色油漆痕迹依稀。几个老人在屋内打着扑克，时光好像并没有惊动他们。

随着南边长江口沙地逐步涨出，古闸日渐颓废，但一生沧桑可以从苔痕中瞥见。如今桥已重建，改了栏杆，拓了桥面，桥也染了一身白，却和周边的氛围有些隔阂。实用和审美，似乎有些难以调和。

桥墩底座仍是旧貌，两边石壁水位线刻度依稀可辨，高出河面许多。桥下卵石灌木之间，一些无名的小草夹杂，生出纷呈的浅绿。

我们在稀疏的云杉之间蹲下身子寻找仓耳、牛筋草……还遇见了灯灯草，它还有好听的名字——泽漆、五朵云、猫眼草、五凤草。我们孩童似的把它放到水里，让它发出光亮。大家玩得忘乎所以，仿佛将一颗俗心放入纯净的光泽里进行了洗濯。

3

所谓传说，总会随日月辉映和风雨浸染，渐渐长出生命的根须。

传说中，骆宾王参与领导的灯杆起义就在我们脚下。

唐朝的夜，灯杆摇曳，喋血如歌。传说中一个名叫李三和的人，在激战中不屈不挠，大呼誓与灯杆共存亡。他手握渔叉，左冲右突，后因寡不敌众，悲壮而死，其头被官兵悬于灯杆……后人为纪念李三和，将不远处的那个地方叫作三和港。而今三和港真真切切存在，那灯杆港起义到底是传说还是史实？

站在桥上远望，一马平川，真有登临城池、沙场点兵、万马奔腾的壮阔。

4

武后光宅元年（684 年），徐敬业起兵讨伐武则天。骆宾王出任文书，起草了著名的《讨武氏檄》。兵败后，关于骆宾王的下落众说纷纭，主要有被杀、投水、逃亡、灵隐为僧、老死义乌、终迹南通等几种说法。

终迹南通一说中，骆宾王跳水逃生，亡命于"邗自白水荡"（今启东吕四一带）。追兵将领怕承担追捕不力的罪名，杀了两个与徐敬业、骆宾王相貌差不多的交了差。骆宾王得以隐姓埋名活了下来，死后葬于南通，紫琅脚下为其衣冠冢。

传说总缺少史料佐证，但又让人觉得并非空穴来风。

唐初吕四原名白水荡，后周显德二年（955 年）始设吕四场。那时陆地尚未成型，更无从谈起文化传承和记载。再说兵败后的骆宾王行事低调，那时留传下来的史料，无非是后人口口相传。我曾请教专门研究吕四文化的友人晓东，他告诉我，关于骆宾王与启东的相关史料研究，从吕四当地一本家谱上获得了一些线索，已有了新的进展。

回望历史，讨武的失败，显然让骆宾王的波澜一生戛然而止。

传说，是历史斜逸而出的旁径。

5

骆宾王生于今浙江义乌，出身寒门，与王勃、杨炯、卢照邻合称"初唐四杰"。7 岁时作"鹅鹅鹅，曲项向天歌。白毛浮绿水，红掌拨清波"，被誉为神童。骆宾王以锦绣文章步入官场，壮志凌云……倾其一生追逐政治，然而最终奠定其一生历史地位的仍是诗文。"班声动而北风起，剑气冲而南斗平。暗鸣则山岳崩颓，叱咤则风云变色。……请看今日之域中，竟是谁家之天下！"诗句气吞山河——政治生命的失志反而成全了其文学的大成。在提倡"修身齐家治国平天下"的封建社会，"致君尧舜上，再使风俗淳"是一个士子的本分追求。其以"家天下"的观念维护李姓王朝，有历史局限性。即使成功，也只是一个王朝的圆满，与其诗文成就不可匹敌。

"尔曹身与名俱灭，不废江河万古流"，历史从不以成败论英雄。

骆宾王政治生涯的最后角色，为徐敬业府属，掌管文书机要。淹没于浩瀚历史中的幕僚又何其多？八股公文好写，写出锐气和思想却不易。骆宾王恰恰以政治生命的黯然谢幕成全了文学生命上的浓墨重彩。

骆宾王的下落至今仍为历史悬念。那些传说，或许是人们善意的念想。走出灯杆港，我内心里却急急期待晓东的研究成果，因为这样一个结果，会让白水荡刻上新的历史纹路。

春风轻拂，耳畔似有长安城的回响，手执《讨武氏檄》的武则天一声长叹："宰相安得失此人？"

是啊，宰相怎可失此人杰？

这是对手的喟叹。

罂粟痛

"君知炮打肢体裂，不知吃烟肠胃皆熬煎。君知火烧破产业，不知买烟费尽囊中钱……"声声《炮子谣》，张将军大概听过的。从浙江前往广东的路上，张成龙将军又在想些什么呢？是升迁的喜悦还是鸦片的忧患？

罂粟美，唯美地开在异国他乡，一场阴谋也正悄悄酝酿。大清却在沉睡，金銮殿内外死一般沉寂。偶然也会莺歌燕舞一回，那笑声枕着河山，河山依然锦绣。大清，在做着天朝大国的好梦。

南中国的海面却微微起着波澜。1840年的夏天，充满着怎样的一种肃杀：广州的天空布满阴险的乌云，炮台四周肆无忌惮地刮起一阵又一阵不祥之风。虎门，正剑拔弩张，蓄谋已久的一战如期而至。

熟悉中国近代史的人当然知道这场战争，但和一个名叫张成龙的人又有何关联呢？

幼时去人民公园，我曾见过里边几只石羊、石马，还在上面攀爬，拍过黑白照片。我未曾想过这些冷静的石头是些什么、能做什么。它摆在那里，和檐前一块石板、村中一座老桥、家中一口老井无异，除了造型奇特，没有留给我太多的印象。恋爱时候，我们也去过，爬过石马、石羊，划过船。后来才知道这些石头和那场鸦片战争有所牵连，和故乡一个叫张成龙的人有所关联，于是我肃然起敬。

至于读历史，我们往往是宏观的，大线索大脉络在课本里我们背过。通过课本我们知道了虎门销烟、鸦片战争，熟悉了民族英雄林则徐，还有在虎门靖远炮台屹立阵前持刀拼杀的关天培。

　　我们崇拜关天培，崇拜林则徐。至于张成龙，我们不熟悉。对于家乡的人文，学生时代的我很茫然。我的心里有时认为故乡这块新土在历史人文上是片沙漠。直到我知道了张成龙和150年前的那场战事的风云际会。故乡、历史、人文，一下子穿透了我的胸膛。

　　道光二十年（1840年）三月，两广总督林则徐在筹划大举讨英时，向道光皇帝上疏，要求撤换几个不中用的老朽将领，调派张成龙到广东负责指挥。张成龙此前是浙江黄岩镇总兵（正二品）。道光皇帝立即传旨，调张成龙前往广东担任阳江镇总兵，张成龙临危受命。由于林则徐积极防御，英国人在广州没有占到便宜。狡猾的英国人避开广州等地，北犯闽浙沿海，以至山东、大沽，威胁北京。闽浙总督吴文榕又紧急求援，奏请道光皇帝让张成龙担当闽浙前线御敌重任。

　　位于长江口与杭州湾交汇处的定海，风光秀美，是张将军与英军血战之地。遥想当年，张成龙一定北望长江、东海、黄海交汇的故乡。家国，在心头举足轻重。炮台上的墙砖他可曾抚摩？而今东南沿海，早已成了海洋渔业产区和重要的水产品销售区之一，为我国对外开放和走向世界的重要通道之一。张将军生前作战的地方，成了旅游观光的好去处。早已不再海禁了，风吹过，历史有痕吗？那炮台可曾记得？

　　军人以服从命令为天职，马革裹尸，在所不辞。但政治却是翻手为云覆手为雨。腐败无能的清政府，时而主张战，时而主张和，出尔反尔，举棋不定，最后屈服于英帝国的压力，将钦差大臣林则徐革职查办，签订了丧权辱国的《南京条约》，割让了香港。得到林则徐举荐的张成龙自然也被"和谐"了。

道光二十六年，张成龙被"提升"为浙江提督，但兵权被夺。这样的提升让人感觉套了一个美丽的花环。那妖冶的罂花如罂粟，带了毒。想起那臭名昭著的条约，我想，张将军的心头一定悲凉悲凉的。有海无防，那是国恨。有职无权，那是世间最锋利的刀子，无非是把人晾在一旁，像咸鱼一样晒干。

自古忠孝两难全。道光二十七年，母亲病危，张成龙回乡料理母亲后事，也算上苍给了将军最后一次尽孝的机会。不久，将军壮志未酬身先死。据史料记载，张成龙累死在训练场上，"烈士暮年，壮心不已"的脊梁灼灼可见。我为将军的西去感到抱憾。有时徒然空想，将军若再活下去，在这个腐败的清王朝里，他又能漂洗得如何呢？历史虽不容我这么杜撰，但接下来清王朝的境况却是更加让人阵痛，我想张成龙肯定死不瞑目。

道光皇帝闻讯张成龙病亡，急拨600两白银，令厚葬。张成龙葬于今启东聚南乡。此年张成龙72岁。抗英名将荣归故里，算盖棺论定。他的墓葬按照清代礼制，二品以上的官员墓道可放置石人、石狮、石马、石羊、石虎、石望柱各两件。可百年后的一场"文革"，不知张成龙惹了谁，大概认为他是清王朝的封疆大吏，是封建毒草，破"四旧"时，他的墓葬遭到了破坏，很多物件不翼而飞。张成龙墓里的石望柱始终没找到。若能保存完好的话，这组石雕将是完整的官员墓道石兽群。

历史真是个谜。

至于我们幼时攀爬过的石马、石羊等，现在放置于中央大道滨河绿地。出土的道光皇帝诰令全卷及部分玉器，现藏于启东文物馆。这样也好，让孩子们去看看吧，体会一下历史的厚重。不要让下一代像我们当年一样，面对那些石头徒然"笑问客从何处来"了。

另外告诉张将军的是，香港在 1997 年就回归了。大英帝国最后一位港督彭定康乘坐皇家游艇离开香港时，鼻子一收一缩，好像还有点舍不得。那也没有办法了。这些杂七杂八的事情，张将军的家人应该已经告诉他了吧。

仰望白云间

狼山无狼，传说以前有，但虎啸狼嚎毕竟此去经年。山顶上，"长啸一声山鸣谷应，举头四顾海阔天空"的对联，写得回肠荡气。可是上下狼山仅需几十分钟，又觉不太过瘾，觉得狼山似乎有点夸下海口的成分，叫人带点失望。

不经意间，目光却和白雅雨的墓邂逅。

墓地面朝长江，斜斜的阳光折过林间，照在斑驳的灰色石碑上。正逢清明时节，也许刚刚有人祭扫过，墓前点缀了花卉水果，显出了亮色和春意盎然。碑文"白烈士雅雨之墓"为清末状元张謇所书。四周绿树横斜，衬出一份幽远。

不说白雅雨自小天资聪慧，18岁时考中秀才名列第一，就凭他在北京法政学堂任教期间做过李大钊的老师，就足以让人驻足凝望。从时间上往前推远，白雅雨墓与狼山的松涛鸟鸣、暮鼓晨钟为伴，已然百年。

百年前的中国，历史的脚步正在凝滞，清王朝早已成了洋人的朝廷。武昌起义一声枪响划破黎明，一场腥风血雨摧枯拉朽，让清王朝措手不及。作为同盟会革命的中坚，白雅雨为响应这场起义，在北方振臂呼应，组织了滦州起义，以进军京津为目标，直捣清朝老巢。可惜由于叛徒出卖，起义军在向天津进攻途中遭遇清军阻击，白雅雨不幸被俘。

"山不在高，有仙则名。"狼山无仙，但有英魂。

白雅雨就义时，审讯者逼其下跪。他不跪，于是刽子手砍其右腿。白雅雨倒于血泊，仍拒屈膝。刽子手最后将他倒悬于树，连割带砍取其头颅，手段残忍至极。白雅雨，这个名字有点诗意、有点秀气的汉子，内在的却是铮铮铁骨。我仿佛听见了北国凄厉尖啸的风声，听见了大地落满悲凉的音符。

白雅雨留下的绝命诗"身同草木朽，魂随日月旋。耿耿此心志，仰望白云间"，坦荡叫绝，堪称旷世绝唱。草木、日月、白云，多么温情的词语啊！可在这里，它不是"风回小院庭芜绿"的婉约哀愁，而是波澜壮阔的革命抒怀。

"山不在高，有仙则名；水不在深，有龙则灵。"仙和龙并不存在，那句存了千年的对偶，似乎有点不太唯物。

作为中国八小佛山之一的狼山，是佛门圣地，也许和政治风云、刀光剑影属于陌路。但在民族危亡之际，在人类的大善大爱面前，它和烈士的血脉又是相通的。慈悲的狼山，埋葬了白雅雨。灵柩运到南通之日，各界数千人至江岸接柩，沿路路祭不绝，送殡者臂缠黑纱，手扶花圈列队数里……这种场面直叫日月静穆、青山低回。

如今，白雅雨枕狼山长江而眠，真正实现了"仰望白云间"的心愿。

在狼山脚下"仰望白云间"的还有张謇、骆宾王等，余秋雨先生在《狼山脚下》中写过他们。历史的长河里，他们曾经长啸过，山谷为之鸣应。滚滚长江东逝水，狼山，无愧于钟灵毓秀。

下得山来，再次打望狼山顶上的支云塔。支云塔直指纯净辽阔的天空。

居庸关

　　去北京看看长城，像是为消解前世纠缠于心中的一个结。原以为旅游大巴会带我们去八达岭，结果却去了居庸关。居庸之名，像一个北方的汉子：大气，豪爽，充满风沙味。据元代人记载，秦始皇修长城时，徙居庸徒于此而得名。"庸"是强征来的民夫士卒。居庸的名字早于秦始皇统一全国之前就有了。《吕氏春秋》有"天下九塞，居庸其一"的记载。

　　汽车沿山路而上，远远望见长城上点点人影，兴奋和激动便如决了堤的洪水，浩浩荡荡，从心里一下子倾泻出来。

　　居庸关有"天下第一雄关"之称，两侧高山耸立，其地绝险，自古为北京西北的屏障，是北京的后脊。

　　登上城墙，恍然明白脚下是长城，心思一下子飞到了秦汉，飞到了唐宋元明清的词阕散章里，并潜意识地寻觅孟姜女哭的长城应该是哪段。难道真是烟波浩渺历史中的一个传说？这里应该有少小离家的人吧！江南深闺里的离愁、垂杨柳边的依依惜别、一叶扁舟的桨声，多少离别的愁绪，如今一任朔风细说。或许，兵士们的尸骨就在那层峦叠翠的坡下。那双望穿秋水的眼睛，可曾望断天涯路，可盼得夫君归啊？说长城，怎一个离愁了得？

　　现存关城，始建于明洪武元年，系大将军徐达、副将常遇春规划创建。关城雄踞其中，扼控着南下北京的通道。这种绝险的地势，决定了它在军事上的地位，古代军事家称其为"控扼南北之古今巨防"，因此历来兵家必争。

一个"雄"字又牵出无尽战事，断然将离愁割断抛远了。历次战事居庸关总首当其冲，金人的铁蹄扫过，李自成的刀剑挥过。"一夫当关，万夫莫开。"这里曾烽烟四起，号角声声，刀光剑影，擂鼓阵阵，马蹄如雨。现在一切都泯灭了，如乐曲结尾的一个休止，刹那之间凝滞。

多少英雄豪杰，来来往往穿梭于居庸关，或高头大马，春风得意，南下去了京城；或古道西风，远道而来，贬谪此处，了却残生。而今都灰飞烟灭，任雨打风吹去。

写居庸关的诗句中，我独爱高适的。出诗人的唐代，也诞生了很多边塞诗人，高适就是其一。他不像陈子昂《登幽州台歌》"前不见古人，后不见来者"而哼哼唧唧伤感离愁，他在居庸关看到了长城的伟岸。"绝坡水连下，群峰云其高"，写得大气开阔。这种咱横是爷们、竖也是爷们的句子，我喜欢。

多少人来过，都是抱着不同的心境看待居庸关。有人怀古，有人圆梦，有人留下"到此一游"的笔迹，有人留下爱情的宣言。

滚滚长江东逝水，长城依旧在。在长城上远望，群山隐隐，层峦叠嶂。那里应该有一首古朴苍凉的《关山月》，旧时的明月曾照亮多少怀乡的人？

如今长城像一个汉子，在静静地休养，仁慈地让人攀爬于肩上，让人抚摩身上历史的伤痕。

居庸关不是长城中最精华的一段，但其身上有野趣，让我想起在山野扯着歌喉的歌者和浑然天成的歌子。

长城，有人说它是龙，有人说它是智慧。

其实长城早已流进了我们的血脉，和长江、黄河一样，是我们民族的魂，是一首绝妙绝美的绝唱。

到长城，不说哀愁。

平行线上的另一种悲怆

李素伯（1908.10.7—1937.3.2），生于海门中和镇（现启东泰安港西南十余里）。后因江塌，举家迁至垦牧乡（今启东市海复镇），这是他视域的起点。

李素伯为南通师范国文教员，现代诗人、作家、学者、散文理论家。原名李文达，又名李绚，字素伯，号质庵、梦秋、梦秋子，笔名所北。这些名、字、号皆有文人气象。

1932年1月，李素伯的《小品文研究》横空出世，如一粒明珠镶嵌在文学史中，既为独辟蹊径之作，又为开山之作。第一次较为全面、系统、深入地论述了五四以来小品文创作、研究的特点和成绩，分析了周作人、鲁迅、朱自清、俞平伯、徐志摩、落花生、冰心、绿漪、陈学昭、叶绍钧、郭沫若、钟敬文、孙福熙、郑振铎、丰子恺等18位作家作品，有独特视野、时代视野。

目前《小品文研究》有6个版本。

（一）1932年1月新中国书局初版。

（二）1932年11月新中国书局二版（上海图书馆藏、其侄李克东藏）。

（三）1934年4月新中国书局三版（其侄李克东藏，孤本）。

（四）1996年江苏教育出版社再版。

（五）2006年11月南通市文联出版《春的旅人》中载全

书，算第五个版本。

（六）2011年台湾文听阁图书有限公司再版。

这是文学的溯源和接力，因此绵延。珍藏和再版，其亲友功不可没。

其词条载《中国文学家辞典》《中国现代文学词典》《中国散文大辞典》《中国文学大辞典》《二十世纪中国人物传记资料索引》……

击中我灵魂的另外词条：李素伯卒时29岁，未婚，无后。其兄为其攀过一门阴亲，民国美女，姜桂凤，"生不同床，死而同穴"。

这是平行线上的另一种悲怆，有浪漫色彩、悲情之调，是旷世的冷暖交织，也是沙漠里一汪清泉、一粒翡翠、一滴眼泪。

就像听一首悲怆的钢琴曲，诗意柔美，哀伤流淌。

天地扼腕。

铁马轻声唤明月

秋风习习，至法音寺。阳光落满阶前，斜照古松，映庭前紫色小花绚烂。大雄宝殿内，香、灯、幡、宝盖、菩萨……罗列有序。念一声阿弥陀佛，我佛慈悲，磕了头。

庙宇空寂。拾东边厢房行走，一法师正伏案诵经，声音低沉，书乃线装竖排。屋内摆大小众多菩萨塑像，佛龛前蒲团洁净。这让我想起了筝曲《铁马吟》的缓慢幽深，僧人朗诵佛经的情形。

南宋陆游喜欢将铁马用于诗歌，"楼船夜雪瓜洲渡，铁马秋风大散关"。我最初感受铁马的形象是那句"铁马冰河入梦来"。"铁马"即配有铁甲的战马，有时也指雄狮劲旅。读这样的诗句，内心多的是阳刚豪迈。于是想岳飞临安遗恨，风波亭上的风骨。

另外一说，铁马为挂在屋檐下的铁片，风吹则相击出声，也称"檐铃""护花铃"。古代建筑檐下易被燕子等鸟类筑巢，为保护廊内花草，风一吹，铁马相击发声，从而驱走鸟类。这样一词两味，让人感觉有点风马牛不相及。但沙场和廊檐，却也暗合自古忠孝的家国梦。

在法音寺，没有铁马的声响，却有悠扬的钟声。杏黄的院墙、青灰色的屋脊、苍翠的古木，全都大隐在那隔世的旷远里。

北院往南，穿过马路，便是中天塔。塔高数十米，直入云霄。每层的四角均有铜制铃铛。那天风弱，铃铛悄然无声，但我心中却回荡着那首好诗：

> 山峰悄上白玉阶，
> 古墙探出菩提叶。
> 莲花座前香火幽，
> 铁马轻声唤明月。

第二辑

庭院歌

祖先和太平天国

　　我有时发呆，喜欢胡思乱想祖上到底从哪里来，他们经历了怎样的沉浮，在那遥远的年代又做了些什么。我希望有本家谱，可以查阅一下他们的历史或者考取功名之类，可惜很遗憾，什么都没有。

　　那时祭祀，我总要缠着奶奶问今天拜的是谁。有一次我隐约听到奶奶讲祭祀的是曾祖母，是长毛。我打破砂锅问到底，到底为什么叫长毛，难道是身上长了毛？奶奶说不是，是人家官府要捉拿的长毛。我听得云里雾里，想问更多，却被大人们赶到了外面。我只好去沟边采摘芦叶做口哨去了。

　　学了历史，我知道了长毛是清政府对太平天国的贬称，那就意味着我的曾祖母是和太平天国有所牵连。于是我对那段历史有了强烈的兴趣，阅读过后留下的雪泥鸿爪都在我的意象里蔓延。回去后我又缠着奶奶问这问那。洪秀全、杨秀清、石达开、李秀成南征北战惊心动魄的情节，我都好奇。我还在地图上研究他们北进的线路。广西、南京……还看到了石达开全军覆没的大渡河，好一阵伤感。我遐想着总有几个人逃了出来隐姓埋名……

　　我生长的土地，在两三百年前还是一片汪洋。祖先们从江南一带摇着舟子来此拓荒，包下一大片土地的都是地主或有钱人，然后雇用长工开始种植棉花、黄豆等庄稼。由于男丁居多，很多男人讨老婆成了难事。

曾祖母从江南来，和一大群女子被人装在了麻袋里，丢在船舱。船由长江口入内河，行过沙间水道，船老大一声吆喝："到喽！"船泊岸。曾祖母好几顿没吃了。她一直心惊胆战，先前见过太多的杀戮，恐怕这次又要大难临头了。她在麻袋里被蒙着眼，很害怕，只能静静地倾听外面的声音。

　　岸上好热闹，一大群二十来岁的小伙，他们给了船老大8个铜板就可以过来挑选媳妇。他们有的踮着脚张望，有的在窃窃私语，还有几个胆大的"哟嗬嗬"喊了起来。大家像摸彩票一样选择一只麻袋，选中谁，谁就是自己的女人。曾祖父那时很紧张，心怦怦乱跳。他像掀起婚纱一样解开那只装着曾祖母的麻袋，曾祖母的眼睛被灿烂的阳光一下子刺得很疼。随后曾祖父扛着曾祖母回了家。他们白手起家，垦荒，住草庐，月光下有柴扉、篱笆、犬吠……

　　这是我血脉的源头，有不确定的偶然，竟延续到了我。

　　我问过奶奶和爸爸，他们说曾祖母姓杨。我还问，她是太平天国的丫鬟还是小姐还是女兵？他们是被官府抓来的吗？竟一问三不知。

篱落一盏灯

1

老屋在埭路北 50 米，隐约在一片庄稼田里。进去有一条小道，也被庄稼挤得狭窄不堪。父亲欲把庄稼铲除一点，祖母不肯。两个人为此经常争执。庄稼是祖母的，她生在旧社会，知道土地的金贵。我们劝过她不知多少回，干吗种这么密，路都不好走，祖母却不屑。到了夏天，两面长满玉米，成片成片的，低矮的老屋就淹没在玉米林里。

屋后有一个院子，竹子稀稀落落。黄昏里，清风弄竹影，诗意缤纷。旁边一口老井，早已干枯，偶尔有青蛙蛤蟆在里面攀爬。往北是一条宅沟，也已干涸，成了一片低洼地。再往外就是一大片的竹林，终年绿色璀璨。我在竹林里掏麻雀窝，祖母颤巍巍地走过来，步子如树荫筛下的光影一样零碎，连连念叨："阿弥陀佛，罪过。"我就放了麻雀。

祖母和我说："当年地主家就是这样的，四汀宅沟，后院吊桥一座……"祖母做过长工，自小在地主家长大，骨子里对地主婆有崇拜的情结。她把后院修葺得异常干净。她说："当年少奶奶穿着花式旗袍从吊桥上走过才标致呢！"

我曾空想，哪一天我衣锦还乡，建一栋别墅，修一座吊桥，让祖母潇洒一回。可惜我一介书生，离别墅十万八千里。当年说过的话，纯粹是年少不更事。

老屋有 3 间，堂屋香火不断。不过现在祖母所用蜡烛已进行了新式武器装备，是电蜡烛，吐着红红的舌。念佛，是祖母每天的必修课。

"观自在菩萨。行深般若波罗蜜多时。照见五蕴皆空……"《心经》上一些句子，我幼时耳濡目染也记住一二。我每次进屋，第一件事就是拜菩萨。祖母在旁边拿着佛珠念念有词"阿弥陀佛，善哉善哉！"像《西游记》里的唐僧。在儿孙中间，我是乖巧的一个。其他表兄弟们送钱送物，她好像不太感兴趣，而我喜欢买些铜制或石膏制的菩萨观音给她，她乐得合不拢嘴，逢人便夸我。

堂屋的西墙上贴满了我的素描习作，瓶瓶罐罐、香蕉苹果等，都是我当年画的，上了明暗，有点层次。来了人，祖母介绍，是孙子画的，问人家画得像不像。人家说像，祖母笑了。

祖母守寡已 30 多年。怕祖母寂寞，我幼时陪她。每晚，她在外屋念佛，我在里屋念书，各得其所。念佛声有时像催眠曲，我听着听着就睡着了。早晨我醒来时她又出去做早工了。

祖母信佛，她的子女不大赞同，说她搞封建迷信活动。随着时间的推移才渐渐接受。到了我们第三代，孙辈们倒能理解，人总得有点信仰吧。

祖母信佛，吃素，荤菜不沾，牛奶鸡蛋也不吃，终年和茶干豆腐绿色蔬菜为伴，人倒也精神。

逢家里有事，我们围着桌子吃。祖母见不得荤，就弄一两个素菜，挪一张小方凳在旁边吃，看上去好像受了虐待似的。但她乐呵呵的，她高兴的是子孙满堂。

有人不理解，说她是傻子。活着这个不吃那个不吃，过的是什么日子？祖母不以为然。

我的儿子——她的玄孙，早早吃好了就拿她开心，将她的饭碗或菜碗挪走，祖母就"呀，呀，呀，小不点儿"嗔怪起来。

2

一个人平白无故怎么会信佛呢？我一直想寻找这个答案。祖母没有明确告诉我，只是时断时续听过她的唠叨。

祖母生于民国时期，幼时做过长工。祖母和我说，地主老财曾打过她耳光。后随父母讨饭来到启东，经人介绍嫁给了我爷爷。

由于曾祖父曾祖母去世早，祖母过早地接过了家庭的指挥棒。她以一个封建家长的姿态经营着她的这个团队。祖母年轻时候很凶，村里人说，祖母总为一些鸡毛蒜皮的事情或者工分，跟人争长论短。

祖母有一儿四女。

她唯一的儿子——我的父亲，她宝贝得很，当宠物狗一样养着。我父亲幼时和别人吵架，在祖母眼里，是从来不会错的。我的父亲自小养尊处优，所以到了60多岁都不会烧饭，苦了我母亲一辈子。

由于祖上有几块地皮，解放后，村里没有几家典型的地主，我家就被划为"富农"。因为这个原因，"文革"时期我的父亲想参加红卫兵受阻。父亲当时年少自负，写了一些标语，最后被查出，犯了"反革命"罪。这些陈芝麻烂谷子的事情，在一些文艺作品或电视里已经有点泛滥，倾诉叫屈的人很多，观众见多了已觉无趣，但当时对我的家庭来讲可是晴天霹雳。当年父亲16岁。知道父亲被捆绑着押出去的时候，祖母正在砧板上切菜，一不小心，刀切在了手指，手指断了半截，鲜血直流。而爷爷从此一病不起。

父亲的事情也影响了我的童年。记得上小学一二年级时，小伙伴们都叫我"国民党反动派"，让我抬不起头来。真冤的，我们哪是什么国民党啊！

父亲在没有围墙的农村接受了改造，天天修地球。这些父亲从来不和我讲。只有在秋深时候，天色转变时，他说背脊疼，祖母说这是当年留下来的后遗症，红卫兵用绳子捆扎的结果。

后来父亲结了婚，娶了我母亲，婚姻还带了点政治因素。结婚，是生产队里的队长牵的头。刚结婚，父母还在磨合期，经常吵架。一次大吵，母亲赌气回了娘家，闹起了离婚。我母亲发誓永远不回这个家了。

母亲回了娘家，得有人去请。

家里决定让父亲和二姑去请。

二姑是祖母的掌上明珠，长得漂亮，身段婀娜，未出嫁时是村里的美人坯子。她能歌善舞，经常参加村里的文艺演出。她唱样板戏和跳忠字舞别人都说好。我在电视里看到那个年代的电视，看到穿着黄军装黄军裤梳着两个小辫的女孩，我就想起二姑。她那时也该是这样动人的。

二姑调皮捣蛋。祖母有时指着老屋前面的场院说，你二姑犟得很呢，被家里打了，不服气，就满场心滚了起来，从东民沟一直滚到西民沟呢，滚得身上裹满灰土。

因为父亲的原因，我家被划了"四类分子"，但是私下里前来为二姑说媒的人依然很多。

二姑嫁到了三和港。那时三和港有船，有码头，异常繁荣，二姑也算嫁了好地方。

母亲和父亲结婚时间虽然不长，但她和二姑挺说得来，两人经常聊天。姑嫂二人挺贴心。

二姑出面去请母亲，母亲看在二姑的面上，答应了回家。

回来时，父亲载着母亲骑着自行车在前头，二姑在后面。过了汇龙镇化肥厂桥头，父亲的车子一直线下了坡，将二姑远远抛在了后面。

父亲在前面骑着，久不见二姑来，回头去找。

像小说里写的一样，二姑出了车祸。在化肥厂的桥西，二姑和对面来的一个小伙骑的车子相碰，摔了下来。撞车的小伙和路人将二姑送往了人民医院。

二姑夫知道二姑出了车祸，从三和港连夜赶往人民医院。他伏在床头不断呼喊二姑的名字，二姑伤了脑部，医治无效，终究撒手人寰。

二姑去时留下几句话："带好孩子；不要赔偿；希望哥嫂和好。"

孩子才一岁就没了娘。二姑夫号啕大哭，随后发了疯似的将人民医院二楼上的窗户全部打碎。

父亲和母亲和好了。

在我的记忆里，父母吵得很少，总是我母亲一个人在唠叨。每次母亲唠叨，我父亲就手插裤兜，望着远方。我想，他肯定想他的胞妹了。

如果二姑在，他就多一个说话的人。如果二姑在，我从小也就多个疼爱我的人。

有一次，父母稍微争辩了几句重的，祖母就在门外干咳几下，随后吵骂就被无形地压了下去。二姑的离去，对父母来说是良心上一辈子的歉疚，对祖母来说是她渗入骨髓的疼痛。

我们终究没要赔偿，这是二姑的遗愿。

考虑年幼的外孙无人照顾，祖母决定让未出嫁的三姑嫁给二姑夫，办完丧事办喜事，算是冲喜。

祖母讲二姑的故事时，已不再流泪。

不消两年，爷爷去世。小姑刚嫁一年不到，生病过世。这些都不再赘述。祖母四个女儿走了两个，又守寡。这一守啊，就是几十年。

祖母虽没正面告诉我信佛的缘由，但我懂了。

3

　　佛是祖母心中的信仰，是她精神上的皈依，是她的麻醉剂，是她生命的另一种寄托，也许她只有在佛中能寻找慰藉。

　　我原先听贝多芬的第九交响曲一直听不懂，甚至觉得难听。有一天听着，我想起了祖母，我突然听懂了"悲怆"两个字的深意。

　　祖母信了佛，人渐渐地变了。人家说她变善了，她相信了人世间的生死轮回，相信了因果报应。她甚至盲目地以为，家庭的变故都是由于自己的缘故。

　　每年农历二月十九、六月十九、九月十九，逢菩萨观音生日，她就早早穿着一新，将头发理得特有精神，和几个姐妹乘着小三卡去庙里烧香。回来后意气风发，将所见所闻讲给我们听。那时我还小，总想跟着去，但始终没如愿。

　　我考大学那天，祖母将家里的米仓、柜子全部打开，她说这样亮堂堂的，孙子一定考得取。7月天气，很热，祖母两腿盘坐，如莲中观音，念了好长时间的佛。我虽不相信这些迷信，但很感动。

4

　　如果说祖母的前半辈子用"悲怆"二字来形容，那么接下来就是寂寞贯穿了她的生活。

　　原先我们和祖母住一个宅子。20多年前父母砌了新房，从老宅搬出，老屋里就剩下了祖母一个人。上大学之前，我陪她，现在没人陪她了。

　　因为工作，我有时十天半月不回家，祖母就和我的父母唠叨："怎么回事，孙子两三个月没回？"

　　我的父母总笑着回她："你怎么又说大话，上次回家才没几天，哪有两三个月？"

祖母有空没空嘴里念叨谁谁没来了，她好希望有人来看看她。

祖母 90 多岁了，高寿。

祖母有时听到路上摩托的声音，便出来张望，疑是我们回家。见不是，她就嘘嘘哀叹。当父母说起这些的时候，我的泪禁不住流了下来。

回家了，我抚着祖母说："要知道你这么想我，我就不考大学，做个农民倒好，天天可以陪你。"

祖母就斜斜地看我："天天陪我，那是没出息。"

5

上次回家，祖母看到我的儿子，分外激动。她摸起玄孙的脸蛋："哎哟，我的乖乖，我的宝贝。"声音嗲得不得了。旁边人见了就说："这老太婆怎么这么做得出来。"

她布满老茧的手，摸得我儿子痒痒的，儿子飞快地逃了。

为了讨玄孙欢喜，她带他来到佛龛前，说只要拜拜菩萨，佛龛上的东西随便拿。但这些供佛的苹果、香蕉对现在的孩子来说，是不稀奇的。我儿子说："东西不吃，但我拜。"祖母说："当年你爸很喜欢吃的啊！"不吃她的东西，祖母有点失望，但是玄孙拜了菩萨，她很高兴。

玄孙不大睬她，祖母就拨着佛珠说："唉，到底是第四代了，远了啊。你爸可不是这样的。"说归说，她还是想方设法逗我儿子："来，宝贝，我给你讲个故事。"

"什么故事？"我儿子说。

"你要听什么故事就讲什么故事。"

于是我的儿子就跑过来倚在她身上。祖母乐呵呵地笑了起来："我们到底还是血液相通的。"

祖母讲的故事都是老掉牙的陈芝麻烂谷子，儿子没心思听，就说："你给我讲讲奥特曼故事吧。"

"什么奥特曼故事？这个我不会讲。"

祖母不会讲，儿子就从她身边溜走了。

祖母有点沮丧，她拄着拐杖，走了。嘴里喃喃："什么叫奥特曼啊？"

祖母居住的老屋，只有到了年底才热闹起来。她的儿孙辈，几代人马，走马灯似的三天两头过来送年礼。这时祖母脸上阳光灿烂，但是儿孙们来去匆匆有点像完成任务。

有时我想，她的儿孙辈如果一年 12 个月轮流去看她，那祖母寂寞就会少一点。但怎么可能呢？

6

祖母身体一直硬朗，地皮舍不得放弃。村里年轻人地不种，她欣然去种。为此，子女总和她争辩，祖母不听。她总说："手里有粮，心中不慌。"我潜意识中总担心，怕她种了，而收庄稼的时候她不在了。她把土地伺候得很好，像她的头发一样，虽然白了，却干净利落。

祖母前年进过医院，在医院进行了全面检查。医生答复，这么大的人了，就像机器零件锈了，只有当心。

从医院回来，子女们商量，让祖母放弃地皮，儿女几个轮流照顾。刚开始祖母倒觉得很高兴，是该享福了。但过了没几天，她就不习惯了，吵着要回去。她说，在你们家加个床铺像啥样子。她的儿女不理睬她，她就自己理了衣服回了家。

有时走亲访友，要留她住一宿，她又不高兴。她总惦念家里的几只羊几只鸡。

年轻时候，祖母叫人算过一命。算命先生说："八十九，阎罗王请你喝老酒。"祖母一直记着这句话。89 岁这年，她的情绪波动很大，经常把这句话抖出来。

她一有伤风咳嗽，就吵着要见我。我回去后，祖母把我叫到床头，就开始立遗嘱："我没啥要求，我死了以后，请庙里的几个法师念一堂经。"听到这些我眼泪就出来。我安慰祖母，别瞎说，你没事。祖母就笑了，一旦有事怎么办呢？随后祖母就又在我耳旁悄悄告诉我，她的钱在老屋的那个米缸里。其实她米缸里没多少钱，就是逢年过节她的儿孙辈给的钱。她交代："家里的菩萨不能丢，你要的带去，不要的送回庙里。"我总连连答应。

不过近年，祖母要见我的次数较多。她这种方式多了，就像童话故事里"狼来了"一样，我的父母不理睬她："你孙子要上班的。"祖母一边说他们不孝，一边又喃喃自语："哦，孙子要上班的。"

我真的怕突然哪天父母打我电话，告诉我祖母的不幸。

前天我打电话回家，问起祖母。爸说好着呢，昨天还埋怨我院子里菜弄得不干净呢。嗓门大得很！我心里一宽，这是祖母的风格。

又好几天没回了，我得回去看看祖母了。

2012年10月

月照篱落

1

落日，如橘沉浮。晚风轻吹，入夜，月光碎了一地。

2

篱笆的影子投射在场院，屋内一灯如豆，佛龛上香火正盛。奶奶闭着眼睛在念佛，声音不大。我蹑手蹑脚进去，偷偷从佛台上拿走一个苹果，其实是掩耳盗铃无疑。奶奶嗔怪了我，说我吓了她一跳。

奶奶遗愿是在她走后给她做一场佛事。爸爸妈妈不信佛，奶奶只好把希望寄托在我身上。我爽快地答应，趁机去她那里骗些吃喝。

3

天色晴好，奶奶往后院走，越过翠色的竹园，那里有她的农田。露水盈盈，她把田地伺候得和她头发一样光亮。春风浩荡，扬起的麦苗像波浪，在田间澎湃。

4

我已忘了那时犯了什么错，只记得月光下妈妈追打我，羊看到了，狗也看到了，它们无动于衷，只有奶奶在院子里拼命阻拦妈妈。忙乱中，妈妈的手掌落到了奶奶身上，接下来她们好几天都没有说话。我记忆里，那时的月色惨白。

5

秋夜，奶奶将柿子捂在米缸中，捂在被窝里。我们要吃，她总让我们先猜谜语。

"红箱子，绿盖头，揭开来咬一口。"

"柿子。"

奶奶笑着将柿子给我。

后来奶奶年纪大了，每到秋天，她挪着凳子到后院摘柿子，嘴里总喃喃低语："今年有命采柿子，明年不知有没有福气哦？"我们附和："有的有的。"但我心头掠过一阵哀伤。

6

她终于老了，脑子越来越糊涂，思维总在童年和暮年之间徘徊。周围的人都说她熬不过几天了。她躺在后院的小屋，床底下趴着一条狗。妈妈说奶奶成天胡说八道，明明躺在床上却说锅里有一锅枣，还让大家吃。奶奶还说，我和妹妹正睡在她里边，说我将她的手臂压疼了。她说的都是从前。

西北风呼呼刮着。奶奶应该不冷，一有阳光，妈妈和姑妈就会给她晒被。

7

我倔强地和爸妈商量，等奶奶走后给她做一场佛事。他们不答应，因为他们不信佛。他们更倾向于做道场，农村里流行这个。两项全做又破费。我提出钱由我出，他们说我越权了，昏了头。

我夺门而逃。

8

我问纸烟居士，为何一个"孝"字这么难？

纸烟说："众生皆苦，放下执着。"

"听父母话也是孝。这段时间他们最辛苦，你要注意说话的语气，要学会换位。奶奶还没走，你抽空回去多看看吧。顺其自然。至于佛事，你也可以跟老龙说。"

老龙是我城市里的另一个朋友，在我心里，他是禅。

9

奶奶没有等到清明就走了。96 岁。油菜花黄了整个旷野。

老龙带来了佛界的朋友，在声声"阿弥陀佛"中了却了奶奶的心愿。老龙什么礼物都不要，我合上手掌向老龙深深致意。

我开车赶往城市，走了一家又一家商店，挑了 10 个寿碗回赠老龙一行。剩下两个，一个给了妹妹，另一个我留着。

10

奶奶耳朵上有一个金色耳坠。出殡那天，管事的嚷嚷：

"谁要？"我们都摇头。奶奶一生爱美，缺了耳坠，会少一段精致。

我有时梦见月光和那耳坠相撞，闪过金属的光芒。光芒里旧日细水流长、致密。她盘腿而坐，念着阿弥陀佛……

她还骂我："傻孩子，哭个啥呢？"

油菜籽轻盈飞

　　浅白的油菜，淡妆素裹，恣意地横在广袤的田野。原先金灿灿的诗意陡然来了一个华丽转身。阳光一晒，油菜籽毕毕剥剥要炸开似的。

　　好久未做农活了。那时在密密匝匝望不到尽头的玉米林田里掰玉米，我常和母亲讨价还价尽量想少做，并满心渴望何时能够跳出这里。而今，农忙时我又多么希望能够帮上父母一把。

　　家里的田地，我闭着眼睛也能摸得着。沿着西沟岸我喊母亲，声音在风里淡淡弱弱。母亲忙着敲打油菜可能没听到。沿路的芦苇长得正茂盛，在风里温柔地一波又一波远近打着滚。

　　一捆捆的油菜秸秆摆在田里，远远近近，像米勒油画里的草垛。母亲正在有节奏地打着油菜。看到我，她笑着放下手中的棒子，用衣袖擦了擦脸，很是惊喜。母亲说父亲去了村里做工，趁日头还没晃出来，她抢着先多做点。知道我要回来打油菜，母亲怕我身上弄脏，怕我吃力，她舍不得。我执意要做，母亲拗不过我，只好随了我。母亲将远处的油菜一捆捆抱了过来，我撸起衣袖开始敲打。噼噼啪啪的棒子声如鞭子抽打在初夏的田野。

　　太阳躲在云层，偶然透出头来，热一下子晃了上来。有乡人经过，看到我在田里忙活，都说我母亲福气好，儿子孝顺。母亲听了脸上笑呵呵的。其实，我知道母亲的心思，就算我不动手打油菜，她也不在乎，也许她更在乎人家的称赞。但我又不能天天帮她做，除了偶然给些物质补贴或是这样短暂的虚荣，我又能做些什么呢？

好长时间不做农活，我的手掌感觉有点疼。母亲怕阳光晒着我，口口声声让我回屋去。

记得小时候为逃避干农活，我喜欢在灯盏底下胡乱涂鸦，描摹小人书上的人物或发呆怀想不着边际的远方。这些母亲都不知道，以为我在做作业，并把我当作她的希望。她在旁边不紧不慢地做饭，锅里水开了，冒着热气，我却无动于衷。现在想起这些，我的眼泪几乎涌出。多么不懂事的年少啊！

农活一忙，人的火气也会变大。记得前年农忙，母亲打我电话说，和父亲拌了嘴，吵得厉害。我在电话里苦劝没用，最后回去了。父亲正在田间侍弄冬瓜黄瓜的棚架，母亲在屋前锄草，他们默不作声。我从水缸里舀水、上灶、做饭。我多么希望像小时候那样能将他们的手拉过来，而今我却只是往他们碗里夹菜，絮叨一些细细碎碎的家常。晚上，我打电话回去，母亲已不再纠结。后来我给自己要求，以后农忙一定回去看看他们。

但我做的只是沧海一粟，我终究要去上班，终究要回到城市的高楼去。我知道，轻盈飞的油菜籽里，有我最深的思念。我就是那毕毕剥剥的菜籽，轻盈飞在家外，却深深落在他们心田。

每次回家，我喜欢在田头看一看坐一坐，看看父母留在大地的脚印，和父亲母亲说说话。心里告诫自己，我从这里走出来的，你看土地那么亲切，田野那么澄澈，人海里，我也要纯粹一点。

扬起的蚕豆

　　父亲熟悉粮食归仓前的每一道工序。那天，他在等一场风，像垂钓一般。父亲对风的祈求如干旱地区的人们求雨，如此虔诚。

　　场院里堆满蚕豆。天色向晚，父亲看着就要落去的残阳，心里有点焦急，可风还是没有来。

　　父亲接过前人的接力棒，在几千年农耕文明的后续里，演绎"锄禾日当午"的艰辛。他劳作的情形，如柯罗、米勒、特罗扬油画里的写实，笔触抵了我的灵魂。父亲是田野里的诗人，他熟知阳光、草木、露水、风向……我一切陌生的纹理。

　　为一场迟来的风，父亲那样欣喜若狂。今晚，这些蚕豆就可以在风的洗濯中变得干干净净。风来了，但我感觉不出，对于细小的风我很容易忽略，但父亲感觉到了。他一声吼："可以了。"随即命令我回屋挪长条阔凳。我慢吞吞地，他便呵斥我，俨然一个作战指挥官，仿佛接下来就要进行一场战斗似的。他拿出家里的帆布，往空地上一摊，然后将蚕豆护进畚箕，迅速爬上凳子。他蹬上去的时候很有力，像蹬马鞍一样，因为太有力，凳脚深深地陷进了泥土。他一开始试试风力如何，将畚箕往肩上轻轻一扛，扬起了蚕豆。"风可以。"他说。一系列的动作娴熟，像电视里那个八路军连长，看到敌人来了，跃上墙头，瞄准一个打一个——哦，我电视看多了。

　　父亲扬蚕豆的动作不是很剧烈，他轻轻地撒下蚕豆，蚕豆

"嗒嗒嗒嗒"雨点般落在了帆布上，像小提琴拉出的节奏，弓法里流淌出来的是十六分音符或者三十二分音符。那些碎壳就随风飞走了，飞往了菜园，飞向了篱笆，飞进了羊圈和猪圈，飞到了桑树槐树上，像雪花一样。

我还想象，父亲可以爬到桌子上去扬，那样风会大一点。或者干脆爬到屋顶上，那样，他的样子就像大雁或展翅的鲲鹏，比邻居们威武多了。

我唯一可以做的事，就是用3只畚箕轮流装满蚕豆，让它们靠在凳脚，等待父亲扬起。我也试图爬上去扬蚕豆，可我挪不动畚箕，只能装少一点。我扬起的时候，一点也没节奏，蚕豆和壳没有好好分离。

父亲告诉我，扬粮食的时候特别要注意风向，选择好最佳的角度，扬起的粮食就会很干净。比如，东南风的时候，可以面向西南方向，这样可以借着东风，壳子就往西北方向吹了。

那些年，扬蚕豆或麦子的时候，我总为父亲打下手。父亲一直扬到黄昏，东边的月亮出来了，槐树上鸟雀唧唧叫着，我的肚子也跟着咕咕叫。

晚上，母亲用面疙瘩加了菜叶子煮给我们吃。时光充盈，虽然清苦，但挺像一首诗。

飞过我家园的猫头鹰

　　一束黑压压的东西垂挂在我家西边的桑树枝条上，像是谁甩上去的干草。忽然有了微动，仔细一看，原来是猫头鹰。为这个发现我们兴奋不已。空气中凝固的气息仿佛一下子热烈起来，热腾腾地从我们身上喧哗开来。猫头鹰是昨夜落在这里，还是五更天飞来的呢？

　　它通体褐色，眼睛不敢和我们对视，蜷缩的身子瑟瑟发抖。我们讲话声不敢太大，怕一惊扰，它就会霍地飞走，徒留给我们冬天里的一声叹息。当我们试图靠近它的时候，它在树枝上微微挪动脚步。树枝纤细，它一个趔趄，像杂技演员走钢丝，差点掉了下来。它怎么也飞不起来。

　　"猫头鹰，猫头鹰。"周围的人越来越多。人群里多了窃窃私语。春去秋来，村庄里经常有鸟儿飞过，但猫头鹰却很少见到，所以人们格外好奇。此刻猫头鹰肯定是心惊胆战的。

　　猫头鹰（也名枭 xiāo、鸮 xiāo），在中国民间，它是"不祥之鸟"，不太招人喜爱。啾啾的喜鹊一叫，人们立马乐开了怀，干活也来劲，而猫头鹰和乌鸦无异。主要从长相上看，它既不像鹰又不像猫，眼睛又大又圆，和人对视时让人倍感惊恐。它两耳直立，好像神话中的双角妖怪，在黑夜中的叫声又像鬼魂一样阴森凄凉，使人更觉恐怖，古时称它为"恶声鸟"。《说苑·鸣枭东徙》中有"枭与鸠遇，曰：我将徙，西方皆恶我声"的寓言故事。猫头鹰遭受的嫌弃多半是它的外貌造成的。

　　我走到桑树底下用脚轻轻踹树，只是好奇，没有要驱赶它的意思，我可以向上帝发誓。桑树吱吱嘎嘎地晃了起来，树上的猫头鹰更加惊恐了。它试图飞起来，飞向那遥远的天空，那里的纯净远远胜过大地，但它失败了。它"噗"的一声落到了冬天的田野，田野里的泥土冰冷又坚硬，它绝望了。

　　据说，猫头鹰绝大多数是夜行性动物，昼伏夜出。飞时像幽灵一样飘忽无声，黑影一闪，让人想起古代锦衣卫。所以我一直对它也没有什么好感。但在其他国家，猫头鹰可是宠物。古希腊人把猫头鹰尊为雅典娜和智慧的象征。在日本，猫头鹰被称为福鸟，还成为长野冬奥会的吉祥物，代表着吉祥和幸福。大多数人都知道猫头鹰是捕鼠能力最强的鸟类。据说一只猫头鹰每年可以吃掉1000多只老鼠，相当于为人类保护了数吨粮食。

　　我慢慢地走过去，张开双手。我让其他人退后，因为从心底里我怕它钩子一般的嘴会啄我。而眼前的景象却让我惊呆了，它的胸脯有血污，胸口激烈波动起伏。此时，它的思维里只有听天由命的份儿了。这样一个伤口却深深地刺痛了我的眼睛。这是对手留下的伤口还是人类向它扣动了扳机？我知道，对于花鸟虫鱼眼花缭乱的美丽，人类有时会不惜杀戮。我的视觉里出现了这样的臆想：草原上，属于黄羊活跃的一方天地，偶然，会有一辆轿车扬起的漫天烟尘席卷而来。车内酒气和香烟的烟雾有时会交汇一种阴谋，于是车子用不知疲倦的速度去追赶……

　　救救它吧。我心底里涌过这个念头，人群里也有同样的呼声。

　　我将它抱了起来，发现它腿上有个银灰色的铁圈，上面刻着英文和阿拉伯数字。据资料，除了北极地区以外，世界各地都可以见到猫头鹰的踪影。那么这只猫头鹰又是从哪个国家飞来的呢？是遥远的西伯利亚还是大洋彼岸？它的足迹一定遍布了山川、河流……

我把猫头鹰抱回了家，内心想过农夫和蛇的故事。对于它钩状的嘴，我一直远远保持着距离。抓它的时候，一有响动，我总很警觉。因为有伤口，现在它即使有所反抗也力不从心了。或许它已感悟了我的心声——我想救它。

我把它伤口上的血污轻轻擦去，将它放进一只篮子。过了三四天，它在篮子里开始活跃起来。除了小虫子，我实在想不出能给它吃些什么食物。鉴于它脚上那个铁圈的缘故，我想它一定有所来历。我们忙着打报社和林业局的电话，我想象着庭院里围满了记者给它拍照，猫头鹰会像大明星一样飞出我的家园，但飞鸟的世界不吃人类这套炒作和多情。最后林业局的同志简单的一句话"放了吧"打消了我们所有的好梦。我有点失望也不失希望。过了几天，它的伤口已经完全愈合了。

那天妈妈去镇上，我把猫头鹰放进她车上的篮子，并一再叮嘱把它放了。我是多么不舍，我曾不止一次地怀疑妈妈会把它卖了或送了人，但她回来后，我从她的目光中坚信，猫头鹰已经被放了。有时，我会莫名地仰望天空，想起那只猫头鹰。春去秋来的日子，它是否又飞过我的家园。

没有吠声的哀影

门口蜷缩着一条狗，腿好像被打折了，眼睛乌黑晶莹，仿佛要流出眼泪。岳母说可以请朋友杀一下的，我和妻子不忍，但留养又不方便，怕它伤人。太晚了，家里没有了剩余食物，我轻轻地驱赶它。它没有走的意思，只是"咕咕咕"发出轻微的细声，眼里露出哀怜。

我想起了养过的那条小黑来，弹珠般的黑眼睛，全身黑不溜秋。它喜欢用嘴舔我的脚趾，很痒。用糖逗它，它会流口水。这是关于小黑的苍白记忆。一次它随父亲去了镇上就再也没有回来，那天我们等到很晚很晚。如果它自己回来，我想它一定会找得到家的。我哭了好久，最后杳无音信。以后我看到黑的狗，长得像小黑的，我总怀疑是我的小黑。

狗在文字作品里很多时候是个不雅的称呼。狗奴才、哈巴狗……和狗的丝缕瓜葛搭边，好像不好的居多。最初学到一个外语单词"dog"，做学生的我们也要造个句子"You are a dog"。

然而狗又那么可爱。"狗吠深巷中，鸡鸣桑树颠。""茅屋深处人不见，数声鸡犬夕阳中。"一声狗吠，染活了乡村，使村庄有了生动的气息。在城市，它也是一些名媛、贵族的座上宾。大街上，公园里，一些放在车篮里的狗，幼小、憨态，让你忍不住想摸一下它的头。

人在骂人的时候总拿狗来开涮，有时骂得狗粪不如。但取人名时，带狗的又很多。过去人家孩子多，大狗二狗的一直排下去。这在上一辈人中司空见惯。至于狗名，也要挖空心思取得尽善尽美，如"赛狗""赛虎"……我也听到有些像外国人似的，比如"斯蒂芬"等。

记忆深处还有那只赛狗，嘴馋，喜欢吃小鸡。隔壁张家为了赛狗吃小鸡多次和我们交涉。我听得最多的一句就是"这是最后一次，下次再吃，就把你家狗杀了。"我的父母总赔不是，像孩子犯了错一般，一个劲儿地道歉。可赛狗就是不争气，终于有一天被抓了去，嘴角还浮动着几根鸡毛，真是"狗赃俱获"。它被绑在了人家的桌脚。场院里坐满了人，张家伯疏疏落落列举赛狗的罪状，大家都认为用赛狗抵命最合适不过。赛狗"呜呜呜"叫着，我和妹妹隔着沟沿哇哇大哭。听到哭声，一些大人发了慈悲，说打狗还看主人。孩子哭成这样，杀人家狗怎过得去？最后赛狗保住了狗命，我们破涕为笑。

今夜，我赶着狗，它一瘸一拐地走下了楼梯，在转弯口停了下来。像是疲惫了，又伏在了地上，它的一条腿发着抖。让它停在楼梯口显然不行，来来往往的人很多，怕它伤人。我用棒子轻轻地敲打它，应该不会疼，它始终没有叫声或反抗的意思。我有点担忧，就此流落在外面，又将会是怎样的下场呢？想起了鲁迅笔下那个会写"回"字的孔乙己，被人打折了腿的样子，最终归家又是何处呢？

过去老家每年都要打狗，每到春天，怕影响花地农作物的种植。每次打狗，村干部就带着村里一个杀猪的屠夫来找狗。找到了以后，或吊在树上缠死，或用板斧砍死。那时逢打狗，我们抱着狗在油菜地里悄无声息。那样的春天一点也不美。后来人性化了，狗可以去防疫站打针、领证。

关于城市里的狗和乡下的狗，作家张羊羊说："城市里的狗有毛衣，有恒温的房间和主人的床，但它们只是城市衍生的产物，失去了一条做狗的意义。"他说："乡下的狗可以和自己的情人在一起。乡下的房子总会给狗留个门，乡下人朴素，知道做个狗不容易。"写得很贴切。

温情脉脉的张羊羊在另一篇文章里又说全心全意为人类服务的狗根本意料不到"飞鸟尽，良弓藏；狡兔死，走狗烹"的命运之祸。人是朝三暮四的善变动物，那脾气岂是一般动物所能察觉和掌握的？

我担心我驱赶的这条狗如果到了楼下，就此倒伏地上，会是怎样一个结局。

我送它到了楼下。它看了看我，用三条腿悬空而去，越来越快。

它家主人的房子应该和我一样，也在五楼吧。它只是走错了，我一直这样想的。

过了一天，上小学二年级的儿子写话时如是：

"前几天，我家门口来了一位不速之客，是一只可爱的黄色小狗。它静静地趴在我家门口空盒子的旁边。我仔细看了看它，只见它鼓着圆圆的大眼睛，可怜巴巴地望着我，好像在说：'好饿啊，好饿啊！给我一些骨头吧！'我觉得它好可怜。我想，它到底是被主人赶出来的呢，还是它自己走错家，迷路了呢？我好想把它叫到家里来，可是，妈妈说，不知道是不是野狗。如果是野狗的话，会咬人的。还有，它会随地大小便，臭死了。爸爸回家后，把小狗赶到了楼下。我心里很舍不得。我没有玩伴，要是小狗能留下来陪我就好了。"

那年儿子9岁，小名叫狗狗。

远去的夏天

夏天，那无尽头的玉米遮遮掩掩躲在茫茫而广阔的田野，在热浪里纹丝不动。我是那么讨厌夏天，讨厌那掰不完剥不完的玉米。我心不甘情不愿地站在玉米林里，左一扯右一扯地剥去玉米的外衣，它哪有宫商角徵羽里的句式，哪有按滑错落的婉转。

母亲早已走在田头前面喊我："你快点啊！"我内心倔强和叛逆，不理睬她。

夏天，它总是那么漫长，又那么短暂。面对墙角堆如山的玉米，我的脑袋一片嗡嗡嗡。鸡和狗不听话，总要往上蹭。我拿笤帚抽它们，它们反而乐得欢，玉米随即滚了一地。

赤脚踩在玉米粒上，痒，疼。我一遍遍将玉米棒护往畚箕，一开始激情饱满，渐渐地就无精打采。母亲总要规定我每天完成多少任务，然后奖励一支5分钱的棒冰。我经常和她斗智斗勇，比如在畚箕里放些其他东西充数，比如等她转身离开的时候，从她畚箕里偷走一些玉米粒。我是多么盼望雪糕棒冰的吆喝声早点划过我家门前，好起身偷懒一会儿。可那吆喝声总是那么遥远，如果反方向或者不经过我家门前，那该是多么沮丧。

场院里阳光很烫，耳朵里满是槐树上知了的清唱，风没有，只有肆无忌惮的热。远处的河沟里，芦苇一动不动，偶尔"嗖"的一声，像是青蛙、龙虾的响动。为了让我们好剥一些，母亲用凿子在玉米棒上凿开一条条槽子。她没有停下来的意思，我用胳膊不断擦拭额头上的汗。

好不容易熬到了黄昏，我用铲子在场院里收起玉米。粉尘一样的细粒子漫天飞舞，落在肌肤上，和汗水交织，怎么也掸不去。西天的残阳垂垂落去，晚风拂过庭院，铲子的"嚓嚓"声回响在砖街，斜阳的光芒把玉米的黄衬得金光闪闪。父母把玉米看成他们内心的坛城，而我总暗暗发狠，总有一天我会逃得远远的。

于是到了9月，我总发狠读书。

现在我逃离了，一晃数十年，父母却依然在原点。如今他们度过的一个个夏天却又成了我最深的惦念。

碗筷上的霉斑

回到老家吃中饭，全家人围了一桌。我拿出碗筷去外面用自来水冲洗，定睛一看，碗筷上都长了不少霉斑。我疑惑了，碗不大用倒还好说，那筷子怎么也长了霉斑？难道是父母没洗干净吗？

"妈，你们怎么洗的筷子啊！怎么都发霉了？"我跟母亲说。

"这不大用。你最好用洗洁精洗，多洗几遍。"

"那你们平时用的呢？"我还是有点疑惑。

"哦，在这里。"母亲从灶膛口起身，她在橱子里指给我看。

我看到了几只碗，碗上面是几双筷子，洗得很干净。我明白了，这是他们平时经常用的。我跟母亲笑说了一句，你们也太懒了。

母亲说，就老两口在家，用不着这么多筷子，所以就随手放了几双。

小时候，每逢吃饭，总要洗刷很多碗筷。现在我们兄妹都成了家，就剩父母在家。他们再也用不着烧这么多菜，也舍不得烧这么多菜。我们有时回去买的菜多了，他们放在冰箱里舍不得吃，偏要等这个回来那个回来再拿出来。他们平时总匆匆烧一两个素菜，间或炒一碗花生米而已。有时烧大白菜，总要反反复复热几次才吃完。至于碗筷，自然也用不着这么多了。

　　看着这两双筷子，我心里有点难过。平时我们子女不经常回家，这几双筷子就像他们老两口一样相依为命。

　　我没有多说什么，从橱子里拿出其他碗筷，全部洗了一遍。

　　碗筷上的霉斑是我们久未回家的标志。

浅勾勒（外一篇）

屋后浓阴蔽日如是，绿树繁密而苍翠。我以前说过的一条名叫小白的狗，调皮得很，喜欢在我背后踹一脚，然后迅即逃离，现在没了，不知被谁偷了杀了。家里养过小薇、小黑、小黄、黑郎……都没养住。母亲见了我，开始讲小白的活泼、生动、可爱，语气里多的是遗憾。据说小白的情人三天两头还来，母亲会从冰箱里拿出原来小白爱吃的肉骨头给它分享，还撸它的头，跟它唠叨，说小白的好，小白走了什么的云云。

母亲见我有点黯然神伤，便安慰自己也安慰我，一只狗而已，别怄气。我也倔强地答，一只狗而已，可是内心却有了戚戚，更多的是心疼母亲丢了一个伙伴。

后院的树又在开花，林间鸟声稀疏，油菜、蚕豆、麦穗粒子饱满，时令已是小满，《月令七十二候集解》中称："四月中，小满者，物致于此小得盈满。"农忙就要来了。

远黄昏

夕阳挨着小院，落在门框上，秋的气息顺风而入。

那是一个三合小院，是教师们的厨房聚集地，我们把家安在了这里。窗外，田野、农舍、炊烟、河流，在流水落花的黄昏里，中国画一般。

你抱着孩子，在院子里踱着步来来回回拍打着，院后的杨树枫树梨树也拍动着，落叶风舞。孩子不睡，你把他放进了滑滑车。他很兴奋，踮起脚，在房间里滑着。房间太小，三两步就挨着了墙壁。

　　小院的门在风里一开一合，在那永远一样的黄昏里，你习惯了等候。

　　时间一寸一寸往夜移动，小院里到处是叮叮当当锅盆碗碟之声。我还没回来，其他教师帮你抱起了孩子，你开始做饭。孩子还不会说话，只是会哭会闹会笑。

　　我进屋的时候，风也来了。孩子已睡。桌上，扣着盘子的菜碗还冒着热气。和我说话时，你摸摸孩子的额头，有点烫，你腾地站了起来……

　　我们风一样往夜色里赶，冷风紧。

　　我们身后，一地摩托车的油烟。门在风里，一张一合。

一方块的暖阳

　　北风经过村庄的时候，阳光的色调偏向了暖黄，它照在院墙，在门槛里边投下斜斜的方块。方块里有两张合着的条凳，上面搁着筛子，筛子里布满黄豆。妈妈在那方块的阳光里挑拣黄豆。她的手掌皮肤在冬天总要裂开，像皲裂的树皮，让人不能直视。条凳、筛子、黄豆……都是大地的颜色，又像绘画的构图。我多想把它画下来，像荷兰画家维米尔的油画，有着生动的线条和空间感。

　　外面气温很低，妈妈出去收衣服。衣服上结满了冰凌，硬、冷。我在方块的颜色里陪着妈妈。我把鞋子脱了，踩在烘缸上，脚底渐渐开始漫上暖意。我来回搓着脚，脚底有些痒。小小的烘缸里柴火很旺，透过它的盖子还可以看到一些火星子，柴火的焦香弥散了一屋。

　　我看妈妈的时候，她像油画里的主人。她挑拣黄豆的样子那么专注，像在认真读诗，《尔雅》《南风》里，都有那样的诗句。她的周围抹着一笔又一笔的颜色，它们在调和、搭配，被阳光沐浴。

　　屋顶上几处小孔漏出数缕阳光，下面还有一些粉尘飞舞，我愉快地抓那些粉尘。记得夏天大雨的时候，我用脸盆接这漏洞里的水，叮叮咚咚的响声像弦急急。农闲时，爸爸会上屋顶捉瓦。那是我最开心的时候，在屋顶可以望远方、白云还有诗意。

北风吹过我家西墙的柴垛，发出狰狞的吼声。妈妈挑拣出黄豆放在木质升箩里，发出金属一般的声音。她把好的豆子装在编织袋等开了春卖出去，坏的豆子在寻常日子里换茶干豆腐。

冬天的白昼总是那么短暂，阳光很快斜在了西天。蒸糕的、杀羊的、爆米花的经过我家门口，母亲总要和他们搭讪一两句。

留在门槛的方块也很快消失，接着就是黄昏。

黄昏里，天蓝，月如钩。

明晃晃的雪

    一旦落了雪，几乎没有什么好玩的了。雪挂在枝丫，压得树枝喘不过气来，时不时窸窣一声，掉进河里，化成了流水。

    想玩逮鸟的游戏，鸟的踪迹却稀少，只有廊下扑棱棱飞来飞去的几只。要让它们走进雪地觅食，继而走近你设置的扣篮，几乎不大可能。

    怀念晴好的天气，倒有外地来的马戏团在村头杂耍，锣声鼓声跌滚打爬好远。或是江南的评弹，穿旗袍女子弹琵琶、中阮，好一阵热闹。

    落了雪，大人们更多时光在牌桌上消磨。我也跟着父亲去。村庄的现实里有时并不是那么诗意。比如，这落雪的天色，更多地着了灰暗的调子。大人们在堂屋赌钱，烟味缭绕，死一般沉寂。偶尔一两声咳嗽，或者更大的喧哗，惊动了时光。门是关着的，门缝里透出微弱的亮光。

    父亲洗牌劈牌的动作很帅。若赢，母亲不大啰唆。输了，母亲就絮絮叨叨老半天，反正天天这几句，什么"日子无法过了""这种日子何时是个头啊？"母亲有时也会对我吼："以后你上大学讨老婆没钱，别怪我娘，都是他给输的。"这时我很委屈，心里责怪父亲，好像他真的把我讨老婆的钱输光了。此时我多么希望父亲是个侠客和我讨论棍棒刀枪或十八般武艺；或是书生，和我讨论"之乎者也""千门万户瞳瞳日"之类，但父亲不是。母亲骂他，他无声。骂声停，他出门。有时黑夜，雪在夜里发着白光，夜来的朔风把残雪吹冻，父亲的背影默默消失，我却又担心他起来。

白天，我跟屁虫一般随父亲外出。大人们在堂屋赌钱，我和伙伴们在里屋赌废纸。如果被母亲发现，也会扯耳朵。

更多时候，我挨着桌子看牌。父亲摸了好牌，我暗暗高兴；父亲输了，我难过。若是哪天父亲赢了，他回家心情特别好，会赏我一些小钱。我便买了鞭炮，在村里有一声无一声地放着。

有时见父亲手气不好，我会偷偷地溜出屋子，在东墙下默默念起"阿弥陀佛"。面对墙壁，我双手合十，学奶奶念佛的样子，念念有词，心里格外虔诚。河沟宁静，只有风声，阳光照在墙壁，映出光芒。念了一会儿，回屋再看父亲手中的牌，若无起色，我会拉着妹妹一起念。她不认真，我会骂她。中午回家，当父亲给我一张皱巴巴的纸币时，我骄傲地对他说，幸亏今天我帮你念了"阿弥陀佛"呢。

时光忽地过去了几十年。又一个冬天，雪意随北风飘忽而至，先是零风碎雪，继而漫天雪片。父亲在田野里挖荠菜，我喊他进屋，他好像没听见。旷野很低，他发如昆仑雪，影子孤单。他已不大打牌。平日村里人大多出去打工了，没人和他打，一些年轻人和他又玩不到一起。

看着风雪里的父亲，我掺杂了情绪的跌宕，面对明晃晃的雪，竟有说不出的眷恋或沉重。

女 贞

后院栽了数百亩女贞。成形后，经常有外地人开着大型吊车来挖，他们的号子声响彻原野。

树是当地一位老板种下的，购买者多为外地人。价格谈妥后，就请了几十个人过来开挖。挖树人从早忙到晚很少休息。他们的午饭一般由外地老板叫了盒饭在林子里吃，他们席地而坐，或挨着树干。这样的午饭，夏天还可以，到了秋冬，林子里风一吹，饭菜便凉了。

不知何时起，他们来了人和我父母做了交谈，问是否可以借用我家锅子做饭，他们适当给些费用。我的父母二话没说答应了。

他们挖树短则三五天，长则十来天。这下，家里热闹了起来。他们轮流烧火做饭，天天两桌，还喊了我父母一起吃。

父母和我聊起的时候，眉飞色舞。我看到这几天他们气色很好。他们快乐的源头似乎不是为了蹭饭，也不是为了赚钱。收他们一天30元，还要提供柴米油盐，只能算扯了个平。

他们和我聊着聊着就聊到了当年他们大集体一起做工的情景，他们说好久没这么热闹了。当年都是几十人一起干活，黄昏里锄草，星夜里割麦，棉田里聊天……他们和我说了很多那时的情景。

我听着似乎也有些沉醉。我知道，是远道而来的挖树人宽慰了他们日子的寂寥，让他们寻找到了年轻时的模样。

第三辑

恋春风

麦色黄

蝉声遍野。村头大槐树下，棒冰箱子上面的小木块有一声没一声地在敲拍。"雪糕棒冰吃哇——"声音嘶哑。我认识卖棒冰的主人，住我家河西。

我用5分零钱买了一支棒冰，一屁股坐在树下享受美味。正是午睡时分。学校在远处，两排平房教室，三两个墨点的影子像皮影在白墙上晃动。离上课还有一个多小时，中午我睡不着，喜欢待在外面磨蹭时光。今天小新值日，我早已拍好了他马屁。5分钱的小人书，让他看去吧，他应该不记我迟到的。村里打麦场上的机器正在歇息，麦苗垛垛搁在那里。麦田里，黄澄澄的黄。

母亲总叮嘱我，不好好念书，家里就养几只羊，让我成天挑羊草。而我的理想却是卖棒冰。

我把棒冰吃得有滋有味。卖棒冰的主人跟我搭讪起来："女朋友谈没？"我用眼睛斜斜看他："下流坯。"我飞快地走了。

我看到小美在钓龙虾。她"嘘"了一声。她早就不去学校了，成天在家垂钓。水桥的南北边放了几根竿子。竿子浮漂一动，她一手轻轻拿出钓竿，另一手用网兜"忽"的一下抄了起来。浮漂动的很多，她都来不及钓。旁边铅桶里，龙虾近半桶。每放进去一只，龙虾们扑棱扑棱地跳动。我上去和她一起钓，乐此不疲。一个执教高年级的老师骑车经过，我立即躲在岸脚芦苇丛中一动不动。芦苇青翠，倒映在水里，撒下绿一片。

这样的中午，偶然也有拖拉机"突突突"地穿过，我一个雀跃翻上去。不知怎么回事被人揭发报告了老师，我被罚款5毛，充作班费，那是可以买10支棒冰的。我心里很难过，觉得老师本事真大，可以胡乱罚人家款。我的理想又变成去当老师了，专门罚顽皮孩子的款。罚到了不作班费，专买棒冰。

散学后，我被留了下来，要补睡午觉。西天红得发紫。我伏在桌面。水壶搁在一旁，里边的桑葚早已吃光，透过杯子往外看，黑板恍恍惚惚。我泪水涟涟，不知不觉睡着了。最后老师死劲儿摇，我才苏醒。这一觉真够香的。

老师总喜欢布置《上学路上》的作文，我绞尽脑汁怎么也做不出。老师说写作文要有真情实感，我怕我的真情实感上不了台面，所以总写要么捡到钱包，要么扶老奶奶过马路。可这些都是撒谎的，哪有这种好事轮着我干啊？我真实的上学路上是秘密，绝对不能说的，所以没写在作文上。

墟上烟

　　雨水混入田间的泥土迅即泄入河沟，河沟涨得鼓鼓，沟水的颜色瞬间变成了浑黄。浮着的草叶在黄泥水里打转，继而顺着流水漂往远处。空气中弥漫了泥土和水藻的气息。

　　沟水太满，倒灌了农田，一片水汪汪的，像湖泊。西瓜地已被淹没，黄绿相间的玉米秆子木然地站在齐腰的深水里，几只青蛙不厌其烦地"呱呱呱"叫着。

　　水位急剧暴涨，乡间小路底下的涵洞完全失去了排水功能。村里人纷纷拿着铁锹凿开路面长条口子，让南北两沟流通起来，将大水排向南边的长江。

　　我们最快活的时候，用网兜套住那掘开的缺口，让鱼虾顺着急流钻进来。蹲下身子忙碌的时候，挎在肩上的书包早已粘满了淤泥。水流湍急，鱼虾们晕头转向，一会儿，网兜里装满了。

　　暴雨和烈日是夏季交替送给大地的礼物。

　　天一放晴，阳光顷刻毒辣辣，沟水逐渐消退，芦苇也摇荡了绿的光芒。赤脚走在乡间小路上，脚底滚烫，知了恢复了拼命的喊叫。

　　那些挖掘的路面还没来得及平整，零星的碎砖、泥土、煤屑散在路旁。我们骑着自行车过去，遇到开挖比较大的路面，下车扛着自行车跨了过去；遇到开挖小的地段，"咯噔"一下骑了过去，车子摇摇晃晃向前……

邻家的狗还在穷追不舍。玉米林里又散发出热腾腾的气息，好像从地底下冒出来似的。赤脚蹬着自行车穿过去，热浪一阵又一阵，脚底板一直凉凉的。

　　河沟两岸敷着层层叠叠的绿，残阳下布满的流光溢彩逐渐退却，眼前真有王维所说的"墟里上孤烟"。

　　夏天正往繁荫深处走。

恋恋春风

南风一吹，摇荡了春天里的万紫千红，我很虔诚地看着国旗徐徐上升。老师说，国旗是用烈士鲜血染红的，我深信不疑。有时我思想开小差，目光越过操场，看着操场对面人家的狗从后门出来，趴在那里吐着舌头看我们做伸展运动、扩胸运动、腰部运动……它偶尔叫一两声，混着操场上的喇叭，在风里喑哑。但我更关心的是，春天可以春游了，"春眠不觉晓"的句子在脑子里旋转了不知多少回。

窗外的风光总比教室动人，可班主任总喜欢突然站在窗外或教室后门吓我，所以我只是偷偷地瞄。关于纪律问题，我向老师保证了一次又一次，总说明天改，明天开始肯定改，可一不小心又犯了。

一个姓张的主任，在我们犯错以后，喜欢吓唬我们，怒目圆睁说要绑了送去派出所。我还真被绑过一回。他在自行车的后座上垫了一块毛巾，然后用麻绳绑了我，一把将我抱上去，吓得我哇哇大哭。后来我知道那些鬼把戏都是假的，唬人的。早知道这样，让他绑去好了。

雨天体育课，老师会让我们剥花生。一编织袋花生往讲台上一放，班干部分好，大家开始剥，清脆之声和春雨交汇，像斑斓跳跃的音符。边剥边听老师讲鬼故事，室外忽然一声春雷，仿佛把人从睡梦中惊醒。老师一转身，我们就互相扔花生。

那时，柳绿村和我们大陆村的孩子喜欢分成两派打架。女老师刚高中毕业，代课，没经验，抓到我们后气得暴跳如雷："打打打，让你们打。来啊，打点我看看。"她撸起衣袖，愤怒地拎起我们衣领往对方身上靠。一开始大家躲躲闪闪不好意思，后来不知谁先动了手，两个村的同学就在黑板前面干上了，打得不可开交。如果拍下来，真像《少林寺》。台下女同学看得一惊一乍，还不断为自己村里男孩喊"加油"。女老师将鸡毛笤帚在讲台上拍了又拍，鸡毛和灰尘在春风里漫天飞舞。

　　老师的批评总是苦口婆心加循循善诱，喜欢拿父母养育之恩来引导我鼻涕眼泪一把。说你父母种田多辛苦，起早摸黑，还要煮饭给你吃，今天蛋炒饭明天啥的，对你寄托希望云云。我的眼泪本可以熬住的，只是老师描绘得太过形象，眼泪在眼眶里转了几圈，不争气，落了。老师见我流了泪，觉得取得了教育效果便放了我。

　　几场春雨一下，东边河沟里都是小蝌蚪。它们聚在一起交头接耳，尾巴不停甩动，水草的气息润着肺腑。母亲让我去舀一碗小蝌蚪喝，说这样来年身上不生毒疮。我闭着眼睛像杀头喝毒药一样一喝而光。同学们也喝，还灌了水壶带来学校，没心思听课就看蝌蚪游。

　　不知何时起，破旧的村小有了阅览室。我爱上了阅读，一篇篇习作被贴上了教室墙壁。我喜欢在墙上摸那些方格子里的文字，它们像一个个精灵，俘获了我游走的灵魂。梧桐树下，铜铃铛敲打着上课下课的钟声，西边穿堂风一阵阵而过。那里有两块黑板，我多么希望自己的作文也能登上去啊！可是到毕业也没有。

　　红花绿叶，恣意绽放。那次春游，父母给了我5元，我带了中饭，其他的细枝末节记在了当年的作文本上。作文本后来可能和小伙伴们玩扑克输掉了，也可能被老师当作废纸已经卖掉。我只记得在公园里几个石马石羊上爬上爬下爬了几十下，后来才知道这些石雕还是清朝二品大员张成龙的陵墓雕刻。我用两元钱在新华书店买了一本作文选。回来后，校长把我作为勤俭节约的典型表扬了一番。从此我的作文水平似乎也大有长进，仿佛"文曲星"横空出世。

在离开的最后一年，我终于戴上了"三条杠"红袖章，成了学校大队委一员。我真希望这样的时光慢慢地，不要过得太快。不承想后面还有更加纷呈的青春期和叛逆期。

毕业后我回过那里几次，寻觅我曾顽劣的影子。那里麦苗疯长，梧桐树已不在，村小也没了。我呆呆地站在那里，东边河沟里依然有水草的气息，耳畔似有春天的琅琅书声："春天，冰雪融化，种子发芽，果树开花，我们来到小河边，来到田野里，来到山岗上。我们找到了春天。"还有歌声回荡："我们像春天一样，来到花园里，来到草地上。鲜艳的红领巾，美丽的衣裳，像许多花儿开放，跳啊跳啊跳啊……"

只是我那过往的年少，再也跳不回去了。

春秋印

老钟，好几年没见，一点也没你的消息。

记得那时，我和你见了面总要互相发着香烟，当然，都是偷偷发，老师不知道。

那年在南京待得发慌，实在无聊，加上杏花雨又不断，我提出去苏州艺考，你陪了我。你说趁机去玩玩，看看梦里的姑苏究竟长什么样，顺便也参加一下考试。至于你的目标，是内蒙古师范大学，让我觉得目标宏大，充满远方和诗意。

从南京火车站上了车，我们没有座位，但不影响我们的兴致。阳光照进车厢，投下一朵朵光亮，混着两旁飞快倒退着的树木，幻成一幅幅水墨。火车哐当哐当的声响，像人生里一声声叩问。这是我第一次坐火车，所以记忆特别深刻。行经镇江时，我还巴望着能看北固山的踪迹或焦山的炮台，但终究没有，只是见了一些小山，还有广袤田野的绿和油菜花的黄。进了无锡，更多的是清冽冽的河塘和一排排的厂房。

至苏州，从石路乘车往铁道师范，那条公交线路不走回头路，一直顺势开。那个闲着的下午，我们爬了上方山。那时你留着胡子，平头，我留着长发，都有个性。我妈一直说我像个贼，我不理睬她。我印象最深的是从上一个夏天开始，你一直喜欢穿那双有意思的拖鞋，这个拖鞋在大脚趾和第二个脚趾之间搭个线条。你穿着它唱着任贤齐的《心太软》，在学校里晃来晃去，也算很有意思的一道风景。

　　上方山脚下长满了花草，山腰间灌木繁密，颜色苍翠。我们一口气爬上了山顶，向下望见了浩渺的太湖，岸边还有渔网交错。日光下，远处闪烁着耀眼的迷蒙。散落在山里的白墙灰瓦的人家，真像吴冠中的画。当时我们很激动，想作诗又没成，只是大喊了几声，还聊了会儿范蠡和西施的故事。

　　苏州留给我的最初印迹，让我喜欢上了它。夜半到客船的寒山寺、细雨垂杨系画船的横塘……虎丘、园林仿佛都入了心。

　　后来你没去成内蒙古，去了北京，我则去了扬州。我们通了大约半年的信。一年后你辍学去了浙江打工，我们就消散在了各自的世界。

　　总想找个机会和你闲敲棋子或坐对流霞，说说恋爱或工作之类的事，却一直没有你的音信。虽然我也结识了一些新的朋友。

　　工作后，我们见过一面。那次在老师家里，你说话不多。你向来说话不多。那时我已结婚成家，你还没谈朋友。大家张罗着帮你介绍女朋友，你也同意。然后兄弟们开始帮着你策划，还约见了女孩，一起喝了酒。

　　这些人生的碎片就像昨天，翻过去近20年，回忆起来就像火车窗外倒退着的树木。我后来多次行经苏州，而今上方山已做了开发，但我的感觉里它不是这样的。那时它很原始，很野，就像我们的过往的青春，片片葱茏。

虎踞北路

阳光照进旅社，被子上弥漫青春的气息。陆战棋、象棋的棋盘搁在床头柜，几个来不及整理的棋子胡乱地散在枕边。门虚掩，红色热水瓶在墙角孑然孤立，空气中充斥着方便面和葵花子的气味，地面上湿漉漉的。孩子们大多出去艺考了，如此安静，只有老板娘手上的一大串钥匙，伴随着她的脚步声、咳嗽声"哐哐当当"在楼道里发出金属的碰撞。

中午或黄昏，声响贯穿了整个楼道。孩子们踩着木质楼梯发出低音鼓一般咚咚响，沉闷，急，青春的气息破坏了木质古旧的原始沉静。随后就是开门的吱嘎声，木门碰在墙壁上的剧烈声，吵吵嚷嚷，还有器乐、美声的声响……那么凌乱，在春天里此起彼伏，似乎不着调子，却又属于青春的范畴。随后，公共水房里，哗哗的流水声不断，有锅盆碗碟的交响，有喧哗的回声，地上的水迹明晃晃一片。

阳台外格外明亮，视野里高楼参差，艺术学院就在眼前，宛如神圣的山巅。孩子们如朝圣的信徒一般，膜拜，仰望，又仿佛可望而不可即。阳台的栏杆扶手系钢质。有时，孩子们神经质一般在上面用拳头敲击，栏杆随即发出嗡嗡不绝的吟唱……这凭栏属于少年不知愁滋味的愁，在虎踞北路。

扬州慢

　　大虹桥南，我慢慢走下石级。远处横着的木桥两岸，垂柳依依。河中的莲花开了，雾气氤氲在河面，我疑它是莫奈的睡莲。美丽的睡莲一片片向湖面远处扩展，有光影，有层次，我仿佛还闻到了松节油的清香……

　　在瓜洲，历代文人吟咏扬州的诗歌制成了木牌，插在了草坪。草坪广阔，诗歌也多。我走马观花，并没有记下。后来，深秋时候，我乘坐7路公交车去乡下，车过蜀冈，渐渐往西，视线里出现了高高低低的小丘陵，脑海里随即奔出"青山隐隐水迢迢，秋尽江南草未凋"。

　　我们骑着单车来到大运河，把车斜倚在岸边，然后静静地坐在那里听流水的喧哗。这些流淌的水载过隋炀帝的龙船，也打翻了他的龙船。河滩上有很多碎石，你的长发挨过我的肩，我捡起小石块丢向远方。运河里荡着两岸现代的灯光，远处渔火闪烁。

　　杜牧说："谁知竹西路，歌吹是扬州。"姜夔云："淮左名都，竹西佳处。"

　　秋夜，我们在竹西公园烧烤，绕了好大一圈才捡到柴火。不知谁唱起了歌，缥缥缈缈。月亮游于水塘，藏于竹影，我记忆里却有失恋的冷冷月色。

　　丁零零的自行车声吵了小巷，煤球炉子的烟火呛人，扬州炒饭的味道缠绕，巷子很窄，抬头仰望，天空只剩一缝。这是以前的东关街，墙壁石灰脱落，旧门上对联灯笼大红。友人居那里，后院有一碑，至于是唐宋还是元明清，我忘了。

石塔，个园，冶春，唐城，何园，汶河路，瘦西湖，平山堂……一场雪一落，满城古典的白。就像我和你背对背弹琴，面对的墙壁空旷，很适合想象。

这些都是我始终没有开始的一部青春小说碎片，又好像已发表在旧日的岁月长河。

拓

　　画室辟在青砖灰瓦的外语楼一角。外语系同学上楼"笃笃笃"的脚步声，乱糟糟的节奏迷乱了秋阳。一会儿，世界突然安静，画室吱呀一声，在岁月里开了。

　　凉意漫了上来。门前的梧桐叶子沙沙扯着衣角。画室里，她褪下最后一袭衣衫的时候，我们的青春似乎揭开了一页。她安静落座，修长的身材漾在暖黄的灯下，粉色的指甲，没有涂上青春的油彩。

　　阳光进来，零零碎碎、缤纷落在地上。

　　画架把画室撑得饱满。我们或站，或坐，悄无声息，交流细弱如蚊蝇。沙沙的铅笔响动，像春蚕吞着桑叶。她的头微微扬起，发盘着，散发出青春的质感，如青花瓷。眼睫毛微微闪动，如银河里的小星。

　　她从哪里来，经历了多少仆仆的风尘，行囊里裹满的沧桑，她的世界里那些层层叠叠，我们无法解读。我们只是将她的芬芳留在我们的纸上，将她的这一站拓在我们青春里的纸页。

　　窗外，众多的影子，轻轻地破坏着这份宁静。女同学用报纸白纸糊了窗子，他们还是不愿离去，挤在那边张望，像皮影。我们能看到他们投在白纸上的光影，有的同学用铅笔隔着窗子戳他们的影子。

片甲的性情

布　局

清秋，一个午后。

我来到那个石头砌成的小院，和群山相望。山，晕染在遥远的天边。

院前几棵树，叶子被风踢掉了大半。场院里有一个石磨，磨过麦子，也磨过爱情，磨过此去经年。

地上草色黄，一切呈灰调。只有风吹，还有三五只鸡东奔西走。

我拿起相机等待它们走到画面中间来，用它们的鸡冠衬出秋天里的一抹红，这是我理想中的构图。但奔走的鸡没有过来，它们只是张望，它们徘徊在我的构图边上。

我拍出了清秋小院，树叶在风中舞蹈，草色青黄。

后来我参加了一次画展，将鸡冠大大方方地放到了中间。这是我的再创作，但那些谋篇布局，只有我自己知道。

这样的事，我做过很多，比如那时，面对不懂的爱情。

茶　馆

一个雨天，去茶馆。烟雨把山笼罩得迷蒙，远处缆车的响声划过呼啸。

茶馆里，轩窗，屏风，古典的女子艳若桃花。茶，清香缭绕。

一场茶道的表演刚刚结束，一切静默。女子们进进出出，如我梦中的大观园。

旁边有一架古筝，我走过去拨弄起来。周围的游客看我，女子们也看我。我的演奏结束，他们纷纷鼓掌。我有点脸红。但我明白，我已喧宾夺主。

和我一同前往的友人一开始纷纷鼓励我弹琴，后来又提醒我，我太会耍酷。

此时我很窘，多想很快地闪走。

那时的我很单纯，而现在，我已经学会了一点深沉，但深沉不好玩。

酒　吧

去酒吧看一个朋友，他是酒吧老板。服务生告诉我，他与妻子逛街去了。酒吧里顾客很多，服务生忙碌不停，老板却在逛街散步，他散得可是将帅的步、逍遥的步，让我遐想武侠片里的神仙眷侣。

知道我来，他随即赶了回来。

他长得清瘦，骨子里镶嵌着中国文化。喜欢读古诗，唱昆曲，吹洞箫，念佛经，一边却在小城里经营一家西式酒吧，生意红红火火。

西洋的小夜曲布满小楼。

我喜欢他楼上的一个小院，将小城入怀，天作帐篷，星星为灯盏，一览城市的夜色。我们在那里聊天、喝酒、小聚，谈了近两个小时的音乐、佛、文字。

他帮我拍了很多照片。临走时，还送我一本名为《老实念佛》的书。

此时，老婆却打我电话，要我陪她去超市买油盐酱醋。于是，我们的谈话在现实中戛然而止。

　　我不信佛，偶然翻那书，心头掠过一缕清风。

紫金的青春

　　一个叫小双的扬州学生打我电话，说要结婚了，请我喝喜酒。怕我变卦，小双补充，到时你昔日的门生紫金也到的。

　　提起紫金，我真的好长时间没见到他了。

　　时间溯回到 10 年前我读大学时候。当年学校在扬州乡下有个艺术教学点，我们艺术系教授们隔三岔五会去指导一回。从市区坐公交车去那个地方要半个多小时。教授们平时很忙，于是系里每年派优秀学生去那里作辅导。

　　1999 年暑假，在那里辅导了一年的学长行将毕业，他推荐了我。于是，我接触了紫金他们这群高三学生。

　　那个地方叫甘泉，名字叫得甜腻、水汽、诱惑人，但哪有什么甘泉，夏日滚烫依旧。

　　学长在那边通过一年奋斗，给那个高考常常剃光头的学校培养出了两个本科生，简直是"神舟五号"式的成就。我去报到的那天，学校分管高三的校长握着我的手说："明年至少得两个本科，拜托。"我感觉有点压力，因为我从来没教过高三，只做过家教。

　　紫金是 9 月来画室的，个子和我差不多，脸白皙，样子很酷，嬉皮笑脸的样子，奶油小生味十足。看我作画时，他歪着头，喜欢将两手插在牛仔裤的后屁股袋里，脚不停地抖动，样子有点傲慢。

　　紫金是画室里的中心人物，有时一讲话逗得其他人哈哈大笑。初为人师，我不好时常板脸。太过分的情况下，我会上去劝导一下，他也有所收敛，但似乎又不屑。学校有个陈主任专门配合我工作。他一来可不得了，先是吼一通，然后武力解决，皮鞋一脚上来，有时连我看了都害怕，但陈主任对我倒很客气。

紫金想通过学画画考取大学改变人生，但又表现出玩世不恭的样子。一天，他把画室门一关，就发起香烟来。我向他使使眼色。他无奈地摇摇头，把香烟放进了口袋。

学校安排我宿舍，我没要，我要求和学生住。这时紫金很高兴，他将他的床让给了我，他和其他同学挤。由于美术生和其他学生生活规律不同，学校安排我带着美术生单独住了一间，于是我和紫金渐渐熟悉。最后的结果，不知是我俘虏了他，还是他把我同化了，我们两个进进出出混在了一起。但我脑子里时时保持清醒，自己是老师。这时我的身份有点尴尬，和陈主任、校长他们在一起称兄道弟，和紫金他们在一起也称兄道弟起来，像是在做卧底。

我不去甘泉的日子，紫金有空没空就来大学找我。他嘴巴很甜，看到我的同学，一口一个"师叔"，一口一个"师伯"。大家年纪相差不大，被他一逗，都乐了。我对他的到来表示疑惑。他说："路过这边顺便看看你。"其实我知道他逃学，我警告他："文化成绩很重要的，你得当心。"他说："文化没事，考个本科绰绰有余。"

我想让紫金感受一下大学生活，带了他去教室看我们作画，让他受点触动然后发愤图强。他每次来，都发誓回去后得好好念书一定要考取大学，这是我希望的效果。

学色彩的时候，经不住他们缠磨，我带了他们去茶园写生。茶园离学校很远，路况高高低低。回来时，我让紫金殿后，最后他竟跑丢了。我们到了学校好久也不见他来。他摸到学校的时候，天已漆黑。他一阵抓头摸耳，说怎么回事，一转眼就找不到你们了。我本想狠狠批他一顿，后来一想，回来就好，算了。

跳舞是紫金的爱好，但对高中生来讲是不允许的。画画时，他就跟我提要求："啥时去你学校跳舞？"我说，等你画画进步了再说。

后来为什么带他去，现在也想不起来，反正开了个头，以后就有了第二、第三次。紫金不会跳那种三步四步的双人舞，他进了舞厅只是乱蹦。各种射灯一打，节奏一猛，他就摇头晃脑，跳得忘乎所以，像吃了摇头丸。20世纪90年代末的大学舞厅流行一种"兔子舞"，是一个人搭在另一个人肩上，大家串成一条"蜈蚣"一起蹦。每回兔子舞音乐一响，紫金就来劲儿了。看到大学生们蹦了起来，他也不管人家是男的还是女的，就搭在了人家肩上，头一伸一伸的。我看他的样子压根儿就把自己当成了大学生。如果轮到他做了"兔子头"，那份得意就不说了。他举起双手，东晃，西甩，上挥，下舞，反正戳眼睛骨得很，活脱脱一只野兔子。而作为老师的我，有时倒有些假正经，放不开，只在旁边做看客。每次，我总要过去扳他肩膀，说："好了好了，下次再玩。"这时他才恋恋不舍地出来，走几步还回一下头，就像猪八戒离开高老庄的时候，一肚子的舍不得。我把他总结了一下，他的所谓跳舞，只不过是一种青春年少的发泄而已。我怕他上瘾，他毕竟在上高三。还有他学校追究起来，我不好下台。虽然带他去，但我心里一直不踏实，到时他考不取大学咋办？紫金却不当一回事，一蹦，啥事都忘了。有时见我顾虑，他跟我说："没事没事，考不上大学不怪你。"

过年时候，画室里来了一个女孩，眼睛大，鼻梁高，长得还可以。我好几次进了画室就看到紫金和她在一起磨蹭说些什么，凭我的感觉，他们有事。但我又不好说，只是眼里像进了沙子，不舒服。现在说他，他肯定听不进。我有点懊悔和他走得太近，关键时候不能对他管教。我开着玩笑套出他的想法，结果真如所料，他有恋爱意思。我恼火了。虽然我没答应校长明年录取几个本科，但我心里给自己定下5个的目标。紫金一直是这5个里的一个。我提醒他，他不爱听，他说爱情和学业两不误。

到了考试前一个月，为了让考生感受一下专业考试气氛，系里决定将这批学生引到学校考前辅导班来。我帮他们在外面租了房子。他们离开了高中校园，来到了大学，一切要靠自己约束自己。紫金乐了，像脱缰的野马在大学里驰骋。他乐得忘乎所以。我不断地提醒他："你还不是大学生呢，别高兴得太早。"

很多学生很用功，白天在考前辅导班画画，晚上回到宿舍又画。有一天我去外面巡视，看到紫金在那个女孩的宿舍。两个人黏在一张小板凳上，绿色的画夹撑在地面。他正在全神贯注地教女孩画画。他还把自己的画当作了范画，贴在了墙上。我让他回去，他有点倔，不回。我把他的画撕了下来。"狂什么狂！"我说。这件事情紫金大概生我气了，他转身冲出宿舍。外面夜深人静，这时我又担心起了他。

不过紫金是个不长记性的人，忘得快，隔了一天又嘻嘻哈哈起来。

熬到专业考试。去南京考试期间，其他同学我都放心，就不放心他，我把他拴在了我左右。一晚，在南大，他想去蹦迪，我同意了，算是让他解压。一进舞池，他如鱼得水，我哪里像他的老师，分明是他在带我。

专业考试过后，我回到了学校开始忙毕业论文和创作。接下来的日子，我们各就各位，他忙高考，我忙毕业。我的任务算告了段落，但我时时关注着他们的专业通知。其他同学陆陆续续收到了专业通知书，紫金的通知久久不来。时间过了大半月，还没来。我有点慌了，埋怨自己平时对他管教太松。紫金大概也失望了，他坐在教室里没了心思。他的文化成绩考个其他学校又太遥远。

终于有一天，他背着书包不声不响地离开了校园。知道他离开的消息，我很难过。我怪罪自己，因为平时和紫金走得太近，而忽略了他的学业。但我又想不通，紫金的绘画还是可以的，他在南京考了好几个学校，为什么连个专科的通知也拿不着？紫金走了，听其他同学说，他去了张家港投奔了一个亲戚学理发，我听了心中很不是滋味。

过了几天他学校打我电话说紫金的通知来了，是天津轻工，本一。那夜我兴奋得没睡着。

紫金回到了学校，一种曾经沧海的感觉。他和同学们说，他在那边天天帮人家洗头，洗了一个礼拜。我可以想象他的嬉皮笑脸和自得。

本来我是可以留在扬州的，但我心高气傲一心想去江南，最后江南没去成，像一尾鱼一样游回了故乡。甘泉的日子离我彻底遥远了，我也只是偶然想想那个地方，还有紫金他们。

工作后，有一天我正在画室作画，门突然开了，紫金闯了进来。他之前没跟我说要来，我十分惊讶。

我带紫金去市里玩了一天，但这里没啥玩的，只是逛了一会儿街。晚上紫金和我睡一起，聊到很晚。

他回去后写过几封信给我，有几封我在班上给学生读过。我回信说当年管你谈恋爱，你生气不？他说知道你要我好。我说现在你可以谈了，他说现在没心思，先把学业搞好。后来信件越来越稀，我们在各自奔波的生活里掩埋了彼此的消息。

他的一些事情，我只是听其他人说说而已。大体是毕业了，去了南方，又回来了，碰过一些壁。但他的嬉皮笑脸的样子我一直记得。

如今小双结婚，我可以和他一见。

我从扬州火车站下来，换乘公交去了西站。10年了，紫金该是怎样的呢？我远远地看到了他站在轿车那里，他咧着嘴笑着，打开车门，让我坐里边。我看到紫金牙齿有点黄，可能抽烟抽的，脸上也多了些皱纹，毕竟10年了。

聊天中，我知道紫金在扬州西站那边开了一家广告公司，平时业务很忙，每天都很晚睡。他也做了爸爸，孩子3个月。

当夜参加小双的婚礼，由于请的婚庆公司演出节目很多，音响声音又很大，我们说话不是很多，只是忙着看演出，忙着吃好菜。

吃到尾声，紫金说要先走了。他说老婆在家带孩子挺辛苦的，他想早点回。如果换成同事或同学，我肯定要说几句重色轻友或怕老婆的话来。但他毕竟是我的学生，我倒觉得他懂事了。

紫金拿出一张名片给我，上面有电话。我们在门口互相拍着肩膀说着鼓励的话，其实我只比他大4岁而已，只是曾经做过他的所谓老师而已。

紫金走在了夜色里。不知为什么，我有点伤感，也有欢喜。伤感的是岁月再也不能再青春一回。也欣慰，紫金做爸爸了，有了自己的事业和家庭，再也不是那个好玩，不知愁滋味的少年了吧。外面月朗星稀，我默默地祝福他。

烟花三月里的10封信

1

晓剑：

　　请允许我这样称呼你！

　　今日一别，也许今生再无相见。

　　看着你的背影，抑制不住我的眼泪。曾经觉得自己像古堡的精灵，独守着那一立方米的寂寞，不会有人知道，我从哪里来，又将往哪儿去；而你的出现，变成了一粒种子，在我心里生根发芽，竟开出一个春天。可是，春天来了，你又要走了。

　　虽然一开始就清楚你会离开，也知道自己注定会伤心——如果你离开，我的古堡会重新变成一片废墟，慢慢扩大，蔓延无边无际……但是，我还是渴望你回来！

　　知道我眼泪的温度吗？知道它们怎样涌出我的眼眶吗？知道我那达到沸点的渴望吗？

　　如果你知道，请你告诉我！如果你知道，请回一封信给我！

　　有人说，蓝色代表着忧郁。而我最喜欢的就是蓝色，海底的深蓝色。有时候真想如鱼般投入海底的寂寞，默然与水融合，把自己变得透明，无忧无虑地生活——不害怕无聊，不害怕寂寞，只要那深蓝色陪伴着我。

　　一直认为齐豫的声音是空灵而美丽的，就像花园里的那一朵玫瑰，轻易拨动我的心弦。我多么希望，春天花开遍野，秋日果结满枝。

今日虽别，但愿仍能再见！

蓉上

2000年3月29日

蓉在教学楼走廊里羞怯地递给我信后，飞快地逃走了。这是她写给我的第九封信。春风里散着草木的原香，搅着粉红色的信封，我有些微醉，也有些忧伤。

我去操场寻找和我一起实习的徐哲。四周茂密的榕树映入眼帘，绿意盎然。聚在鲜绿草坪上的一些小露珠，并未完全退去，闪着光亮。偌大的操场，徐哲黄背心后面黑色阿拉伯数字"5"字很醒目，篮球着地的声音显出操场的寂寥和空落。徐哲见到我，停下投篮，用食指转动着篮球，不可思议地看着我：没动心过？他问的是我对蓉的态度。

乱过。我说。

徐哲傻傻地站在那里，随后篮球"啪啪啪"落在水泥地的声响回荡在操场。

课间，校园广播里依然回荡着齐豫的歌——《飞鸟和鱼》：

睡不着的夜
醒不来的早晨
春天的花如何得知秋天的果
……

蓉读中等师范四年级，我实习执教他们《筝曲赏析》。

这门学科主要以欣赏评析为主。第一次作业，蓉写道：灵隐山系浙江杭州名山，汉代时候叫武林山，所以杭州古有武林之称。在杭州流传的古筝流派也叫武林筝或浙江筝。武林筝长于旋律音韵和谐，风格清丽秀美，含蓄淡雅……

在图书馆查阅资料后，她把对浙江筝的欣赏体会写到了纸上，又附了一张粉红的信纸，聊了其他一些琐事。对于这些琐事，我当时并不在意。

再过两个月，她和我一样，也将面临毕业工作。

徐哲笑着："你们俩在一起，挺合适。"

"那丫丫怎么办？甩了？"

徐哲又一次投出篮球，没中，球在篮板框上迂回了几圈掉了下来。他向我挤挤眼："谅你也不敢。"

丫丫是我女朋友，我们艺术学院下一届的女孩。

2

艺术学院位于学校西南，掩映在一排法国梧桐树之间，如玉盘里最斑斓的一点荟萃于一角。古旧的褐色木门在光阴里一开一合，逸出些动静。三月的扬州，垂柳的绿从万紫千红中横贯而出，真没有辜负了"绿杨"一词。

外出实习的前夜，我去琴房找丫丫。

丫丫娇嫩的手指在黑白相间的琴键上来回舞动，我能感受到她散板里的柔和，慢板里的忧郁。一阵急切的快板之后，我还仿佛听到了自己内心的惆怅。她总能用琴声俘获我的魂魄。

丫丫看到窗外的我，指尖一阵琶音停了下来。狭小的琴房里余音回荡，锃亮的烤漆钢琴板上映出她秀丽的脸庞和垂落的长发。

丫丫喜欢穿那种细条纹衬衫，配黑色西裤。如果胸口再别一个工号，特像银行工作人员的标配。这一身衣服把她衬托得玲珑起伏，胸部波涛汹涌的轮廓若隐若现。徐哲暗地里称丫丫为"领班"，我看着也像。如果丫丫手里再拿一个对讲机，那么就太像了。徐哲还说，从背后看更好看。一米六五的身材，曲线起伏，臀部中间饱满凸起的一线，在你眼前左右晃荡，心若不为之有所牵扯，似乎就很石头。丫丫说他很流氓。

琴房外的草地，春草很旺，散着被风吹来的柳叶，像天幕上点缀的星子，被泥土感染着，发出潮湿的气味。丫丫弹出的音色盈盈亮亮，有时清冷如珠洒向冰面，粒粒均匀，颗颗透骨；有时深如暗夜，有声若无声，宛如无底的力量漫向无边。

三年来，我们走过了扬州很多地方。瘦西湖、大明寺、唐城、个园、何园……有时走累了，我们就坐在草地或湖边唱歌。那一个个夜晚，丫丫闭上眼睛，微微摇着头，她唱得恬淡，风吹她脸庞。那时月也朦胧，景也朦胧。

丫丫不弹了，整理了乐谱，轻轻合上琴盖。她拿起黑色挎肩包，挽着我走出琴房。包上有两只白色熊图案，她说是我们两个，熊出没。

循着夜风，我们在操场一角的石凳背靠背坐了下来。

丫丫轻轻抓过我的手说："实习去可不要骗人家小女孩哦！"

"怎么会呢？放心。"我回答得很爽快。

"实习完了，你就得工作了。"丫丫有点惆怅。

"没事，到时我先出去打天下，再回来接你。"

"养不起我怎么办？"丫丫瞪大了眼睛问我。

我一下子扳过她的肩，"我拿古筝绕崇明岛一圈，不，海南岛，讨饭养你。"丫丫咯咯咯地笑了。

"去苏州吧，等我一年。"丫丫郑重其事地说。

苏州是她的故乡。

夜蓝晶晶的，又高又远。几只灰雀叽叽喳喳在树木间跳来跳去，脚边春草随风轻摇，橘红的路灯映照了一操场，布满了诗意，梧桐的影子投射在小路，悠悠荡荡。

有时我真羡慕徐哲。他和女友李艳同班，一毕业就可以带回去，然后按照俗世的程式结婚生子，过安稳的日子。不要谈什么艺术，两个人在一起就好。而我还要把丫丫放在这里一年。

但徐哲也有难言之隐。他父亲早年误伤别人，坐过几年牢。母亲后来改嫁，是父亲将他一手带大的。徐哲从来没带李艳见过他父亲。

他脾气倔，有时在宿舍里听到人家在《扬子晚报》上读到坐牢什么，他就无中生有嚷道："妈了个×。"我总拉他衣角。几年来我们有了兄弟般的友谊。

熄灯时分，我送丫丫回去，作为护花使者，终点是在女生宿舍门卫的转角处。那栋青砖灰瓦的建筑，很有年代的陈旧感。如果一个女子穿着天蓝色上装配藏青短裙从那里走出，真有民国风味。那年迎接新生，我接的正是丫丫。凭着胸口工作人员红卡，我和几个女生一直将丫丫送进了宿舍。9月的天气还有余热，床上需要铺凉席。丫丫睡上铺，他爸爸魁梧，妈妈有点胖，爬上去很不方便，只是指手画脚。我自告奋勇，三下五除二帮她铺好了。我拍拍手下来的时候，丫丫扑闪着大眼看着我。后来热恋时说起那事，丫丫在我耳边轻轻地说："谢谢你，那是我第一次离家，是你给了我温暖。"

这么晚了，门卫室外面还有男生打着电话。路灯洒下一地的橘黄，我买了丫丫喜欢的玉米棒和香干，目送她回了宿舍。

3

实习时候，我遇到了蓉。

老师：

你好！

特别喜欢古筝的声音——空灵之声令人忆起那山谷的幽

兰，高古之音仿佛御风在那彩云之际。

关于古筝起源说，至今是个谜。你说它到底遗失在了哪里？

先人们可以通过图腾符号和原始歌舞记录生活，为何偏偏丢了筝的起源呢？难道是战争？还是筝在那时不足为奇？

遇见筝，真好。就像遇见你。谢谢老师让我对古筝有了新的了解。

除了理论，你还会弹古筝吗？我可以想象你是蒙恬、周瑜的样子。嘻嘻。

最后说一句悄悄话，真心喜欢你的课。

96（音）李蓉
2000年3月5日

这是蓉写给我的第一封信。

第二天课上，关于筝的起源说，我做了补充。说筝的起源至今还是个谜，很难从文献中寻求根据，必须求助于考古的新发现。我侧面回答了她的疑问，像对大家说的，又像单独对她说的。班里除了4个男生，其他都是女孩子，叽里呱啦嘈杂一片。她们吵着说，啥时要让我去他们琴房露一手。

蓉却没有声音，睁大了眼睛专注地看着我，那眼睛像山岚的溪谷洗过雨水般清澈，弥漫着从心灵里荡漾出来的光泽，又如火焰之灼灼让我不敢对视。

实习前，系里辅导员曾专门训话："专业就不多说了，没对象的希望你们能找到自己的另一半，但情感不要太泛滥，那都是青春里一程而已，得时时注意自己形象。你们是老师了，千万不要给我惹点事回来……"

他的话里有隐喻。大我们两届的一个学长在夜自修时进了女生宿舍，最后连毕业证书都没拿到。

蓉一连给我写了好几封信。我试图给她回信，写了又撕，撕了又写，最终写了一封却又一直没给她，因为我心里已经放着一个丫丫。

我知道她的执着和我的执着一样，都暗含着忧伤。

这样的筝史赏析作业对于她和我都是一种蛊惑。每次收回作业的时候，我都有种莫名的期待，希望她能单独递给我信。那样的期待仿佛罂粟般，有着美丽的毒。后来我取消了这样的作业方式，要求必须在课上完成，但蓉的信还在继续。

"你这样做其实是在逃避。"傍晚散步时，徐哲戏谑地对我说，"大胆去爱，青春无罪。"

黄昏的风里，师范学校池塘岸边婀娜多姿一片。枝条垂蔓般缠绕在岸边，又如堆烟砌玉的重重帘幕，仿佛伸入水中纠缠了云影和月色。

4

老师：

你好！

在有文字可考的两千五百年历史中，筝广泛流传于大地，在与各地风土、自然、语言、习惯及民间音乐艺术相融合的过程中，地域性悄然而生并且日渐浓郁。我喜欢北派的齐鲁音韵、中州古风，也喜欢南派的汉乐遗韵——客家筝，弦乐古诗——潮州筝。

当然，我也迷恋狂热豪放的摇滚，欣赏英国15世纪的乡村民谣。很奇怪，自己为什么这么分裂？

一边很成熟地去评论卡西莫多和艾丝美拉达的爱情，一边又很幼稚地喜欢樱桃小丸子唱着《最最亲爱》，是不是很可笑？

我喜欢灵感突来的感觉，喜欢随心在纸上胡乱涂鸦。小学二年级，我曾学过一个暑假的国画，可惜不太用功，也没画出什么名堂。扬州本是古筝之乡，于是便改学古筝。

有时沉醉在那些筝曲里，穿一身旗袍走在古意的扬州城，觉得真是一件复古而浪漫的事。漫步街道，《关山月》《梅花三弄》徐徐飘来，空灵地飘进耳朵，激活了每一个细胞。于是幻想和梦占据了整个生命。我喜欢这种感觉。

我爱宫商角徵羽，爱那里线条的缠绵。

"弹筝北窗下，夜响清音愁。张高弦易断，心伤曲不道。""鸣筝金粟柱，素手玉房前。欲得周郎顾，时时误拂弦。"都是难得的好诗。

我愿意时时误拂弦。

蓉上
2000年3月17日

我理解"误拂弦"的意思。金粟轴的古筝发出优美的声音，素手拨筝的美人坐在玉房前。想尽办法为博取周郎的青睐，你看她故意地时时拨错了琴弦。

回到宿舍，我把信递给徐哲。

"这丫头中邪了，中邪了。"徐哲连连摇着头。

"兄弟，你出出主意。"

"你现在不是很幸福吗？一个钢琴专业，一个古筝专业，这叫中西通吃。"徐哲有点阴阳怪气。

"哥儿们，你正经点。"

"我说的实话，你不吃亏。"徐哲继续奚落我，笑着。

我挠着头，心里纠结。

"要我说，别当一回事，就把这些情书当作从杂志上抄来的好了。"

"抄来的？你好意思说她抄来的？你欠揍是哇！"

"没，没说，我瞎说的。"徐哲狡黠地说。

蓉给了我9封信以后，实习结束了，我回了原校。这9封信前后一个半月的时间跨度里，内核却是我心灵上炼狱般的煎熬。

我开始忙着撰写毕业论文，奔跑在宿舍、图书馆、琴房三点之间，一切仿佛又复归平静。校园里茂盛的梧桐层层叠叠，绿得翡翠似的，无声地传递着季节转换的容颜。它们在风中沙沙作响，仿佛尽情演奏着西方的圆舞曲，又像成千上万的绿蝶起舞翩翩，摆动着自己的腰身。

一个深夜，11点左右，蓉竟打了电话过来，电话里醉语不清。她说喝酒了。

我一骨碌爬起来。

一些被吵醒的室友们开始七嘴八舌。

有的笑着说要去告诉丫丫。有的说我沾上了桃花运。有的说，既然不爱，就别去招惹人家。

"她是我学生，我得管。"我狠狠地撂下一句。

蓉穿一身不能再短的超短皮裙站在风里，白色丝质紧身衬衫把她裹得严严实实，头发凌乱，站都站不稳的样子。我上前想呵斥她几句，真像外面的……但我没说，我算什么呢？路灯投来幽美柔和的光影，轻抚着草地、树木、花叶。

我把外衣给蓉披上。

蓉用双臂一下子环住了我。

"走，回去。"我说。

她摇摇晃晃起来。

出租车里，蓉靠着我，嘴里语无伦次。

出租车司机被我们两个关系搞蒙了。蓉不断地叫我老师，而我们却紧紧依偎。我想做出老师的样子，但又觉此时太装，没必要了，我就让蓉一直靠着。

蓉说太晚了不想回校，想直接回家，爸妈反正不在家。

"把你一个人放家里，我不放心。"我说。

"你可以留下来陪我。"

"去师范。"我对司机说。

车子径直开到师范学校。我喊了保安，打了蓉宿舍里的电话，让其他女同学把她接回了。

5

我去了苏州。

临行前，丫丫往我包里塞满了面包和方便面，还给我写了他父亲秘书和司机的电话。他父亲在机关，丫丫让我在需要的时候找他们。

"我不找。"我漫不经心地把电话纸条折起来塞进口袋。

"你不要那么倔好不好？"丫丫努着嘴。

"喊。"

好吧好吧，不和你说。

丫丫像雕塑一样站在风里看着我上车，两手插在裤袋。风卷起了她的长发和衣角，她向我眨眨眼睛，轻轻挥手，脸上满是离别的忧愁。

我在江南递了无数简历。从苏州市区开始向周围辐射，相城、平江、沧浪、金阊、吴江、吴中以及苏州工业园区……青年宫、少年宫、文化馆、师范院校……只要是江南，仿佛都是我生命的稻草。江南人才市场上，到处都是黑压压的人头，黄昏时求职简历撒得满地都是。血色夕阳照在那些塑料的彩页，溢出反光，悲情而壮丽。

我没有去找丫丫所说的陈秘书和什么张司机。

回来后我寄望于面试通知，但又杳杳无迹。同学们一个个找到工作的信息鱼贯而入，我内心颇不是滋味。

"你说一个男的学古筝有用吗？"我和丫丫说。

"谁说没用，你看活跃在国内筝界的焦金海、赵登山、王中山，还有扬州的张弓，不都是男的？"

"嗯。老子就不信这个邪。"我"啪"地扔下考级书。

"瞧你，又开始自负。"丫丫笑着瞪我。

"等我一年，大不了我们一起出去开琴行，搞培训中心，你做老板娘。"

丫丫又笑了起来。

其实从江南回来，我发觉自己无形中也有了些许改变，是内心，是骨子里的，一路的行走，观照的人事，说不清道不明的感觉。

丫丫父亲从政，她身上却少有官家小姐脾气。她说话低声细语，有南方人的绵柔气息。我给她买了稍微昂贵的衣服，她就吵着要我退回去。她说，等你自己赚了钱再买。她和李艳不同。李艳大大咧咧，每次帮徐哲洗完一大包衣服，就在男生宿舍楼下用美声的嗓音喊徐哲。徐哲又气又笑，嘴里骂着"这山东婆娘"，还和我说，到底你家"领班"有修养，脸上却乐得开花。其实丫丫柔和的外表之外，有内敛的锋芒，就像她在专业上的孜孜以求，仿佛与生俱来。

6月，校园里的爱情也开始分分合合。居住在不同城市的同学们开始理性地分手，草坪上总有啜泣的低低声，也有喝了酒唱歌的哭着的稀里哗啦一片。

这样的6月会得一种青春的病，那是一道明媚的忧伤，有离散的痛。

我和丫丫也吵架了。

那天，她在舞蹈房跳完舞过来陪我练筝。在那本《中国古筝考级曲集》里，她看到了我写给蓉的信。这是我写给蓉的第一封信，只是一直没给。

"这是什么？"丫丫眼睛里布满着怒火。

"没什么啊！"我歪过头去。

我伸手去夺，丫丫藏在了身后。她往后退着，靠到了琴房门上，门"砰"的一声关上了。

我两手按在她的肩膀试图扳过她来，她倔强地僵在那里，随后迅疾离开了琴房。

正午的阳光很辣，炙烤着琴房外的草坪。绿草们长得纷繁复杂，像我心中的离乱。

那天中午我独自一个人去了食堂。我和丫丫吵架的标志就是分开吃饭。不吵架的时候，只要谁没课就会早早去食堂排队打饭。

徐哲和李艳陪着丫丫在不远处一块默默吃饭。

我打了饭，嘴里叼着勺子走过去，斜斜地注视丫丫。她腾起身准备走，被李艳拉住了。

有什么不能好好说吗？李艳说。

自从我和丫丫谈了以后，李艳和丫丫成了很好的朋友。我写给丫丫的很多纸条都是李艳递过去的。

丫丫一句话没说，只是扒饭。她的眼泪流在碗里。

6

蓉竟然给丫丫打了电话，约三个人一起谈谈。

丫丫不答应，说没什么好谈的。

我百般解释加道歉加徐哲李艳的旁敲侧击，好歹让事情平缓了一点。丫丫最终同意和蓉见面。

我们约定去冶春茶舍北边一个亭子见面。夜色里，我骑着自行车载着丫丫赶去。河岸的柳树高大浓密，倾斜了身子，与对岸的伙伴将整条河流的上方架成了一个半圆顶的绿色天顶。流水的温柔躲藏在了绿色的阴影下面，仿佛隔绝了尘世。蓉早来了，一身米白风衣站在那里，笑盈盈地等着我们。

我拽丫丫的手，"人家还是孩子，你不要太顶真。"

"你挺疼她的嘛！"丫丫用眼睛白我。

蓉后来跟我说，那天当她看到我载着丫丫过来，心里就觉得我们好般配。

觉得自己输了，可内心不服。

我不想掺和她们的谈话，去了马路对面买了 3 瓶可乐。她们稀薄的谈话声仿佛在水面扩散，细密的波纹般散开。回来时，我为丫丫打开了可乐瓶盖。这样一个细节，蓉很敏感。她把头转过去，说自己来，然后大口大口地喝了起来。

丫丫口气温婉，蓉也没有剑拔弩张。

我选择了离开，在路灯下独自溜达。高大的香樟叶子拍动，路灯淡淡的光芒透过树间洒在河道两旁，为这样的夜晚添了神秘的寂静。

我不知道她们谈了什么。最后她们走出来的时候，竟然手牵手，蓉还叫了丫丫姐。我一头雾水。

她们究竟谈了什么，一个都没告诉我。

丫丫决定考研，生活陡然忙碌起来。她劝我也考，我说先找工作再说。每天晚上，我做的主要事情就是早早去图书馆帮她占座位，然后在对面瞎翻小说陪她。

过了几天我又去了一次江南。好不容易有个小学聘我，但我不愿意。我不想去小学，我认为那会埋没了我的才华。

丫丫说让她爸爸动动脑筋。

我说不行。

她生气地看我，"你现实点，好吗？"

我就是不现实。

不接受苏州那个小学的工作，我就得回去接受分配，仿佛接受上帝审判一样。

这个 6 月，丫丫忙着考研背外语，我忙找工作和聚会，和丫丫见面少了许多。

又一个夜晚，我聚餐喝完酒回去打丫丫宿舍电话，她不在。图书馆早已熄了灯，宿舍将要关门，她去了哪里呢？我挺担心她的，我打熟悉的人电话，满天下找她。夜色阑珊，校园的草丛中虫声繁密如落雨，如我凌乱的情绪。

我在操场的一角的草坪上坐着静静等她。就寝的时间就要到了，我终于等到了丫丫。她和美术系的一个男老乡骑着自行车一起回了，车轮转动的吱吱声划过夜空。我大声喊了丫丫。

丫丫很吃惊，"你怎么会在这里？"

"等你。"

"等我？"

她美术系的老乡和我们打了招呼识趣地先走了。丫丫也准备走，说太晚了。我抓住了她的车把，我的情绪有点激动。

"放开。"她提高了分贝。

"丫丫，我不放心才等你的。"我口气松了下来。

"不放心？不放心早点为什么没见你人影？"

"不是要毕业了嘛，同学小聚，我去喝酒了。"

丫丫流了泪。其实我们在一起，这大半年来已经很少说"毕业"或"离别"的字眼。

"你这是在监视？"丫丫继而傲慢地说，"没什么说的，熄灯了，我得回去。"

我松开了她的车把。丫丫回去了，留下我一个人在路灯下呆若木鸡一般。

接下来一连好几天我都没去找丫丫。

我的倔强和清高，不愿低下头来。我也没有去找徐哲，最近他自己都和李艳忙着闹分手。李艳要求徐哲去她山东德州老家，徐哲要求回南京。两个人僵持不下，工作一直没有落定。

以前吵架的时候，我会想方设法逗丫丫。

记得有次吵架，丫丫把自己关在了琴房，只是哭，不愿见我。我就搬了一架古筝，放在她门前的草坪上弹《凄凉曲》《孟姜女哭长城》《广陵散》……都是悲伤的曲子，而且故意弹错4和7。丫丫被吵得没法，最后走了出来，两手交叉，努着嘴，摇着头看着我，"孟姜女哭长城哭了半天了，好了没？"我停下拨动的手指，傻傻地看她。

"好了。"

她扑哧一笑，嗔怪道："真厚颜无耻。"

然后，我去拉她的手，两个人一起去了汶河路夜市吃烧烤……

时空浩瀚，如今我们再也无法用这样的方式去和解。是什么让我们彼此有了改变？是时光，还是成熟，还是这个离别的季节？

冷却多么残忍，我与一个个黄昏有了凄美缠绵的相遇。我落落寡欢去参加一次次聚会，一个人孤独地在校园里晃荡游走。有时也情不自禁跑到女生宿舍门口。门房的炉子依然冒着白烟，玉米和茶叶蛋的香味依然缭绕，夜晚的路灯还是晃眼，而丫丫呢，我却丢失了。

又过了一周，我终于按捺不住，直奔丫丫琴房。她正弹着理查德·克莱德曼的《梦中的婚礼》。那年元旦文艺晚会，丫丫弹的也是那首，一个男同学还配了朗诵。

"梦之国的边境，一堆篝火冉冉升起，绵延，缭绕……望着远处高高的城堡，他又回想起过去的一切。这次回来，他不知道是对是错，但他却无法不回到梦之国。离开六年，是该回来了。暗夜里流星划过，留下了一道道炫目的光辉……"

我听得过于认真，李艳还用书本在我眼前晃了几下，"咋了？看人家配合默契，你吃醋了？"

丫丫看到我来了，她停下弹奏的手指，眼眶盛满泪水。一周的冷却，真像朗诵里所说六年那样漫长啊！我狠狠地抱住她。两个人沉默了一阵，丫丫竟挣脱了，说出了三个字："分了吧！"

我沉默。

"你现在整天喝酒，那么堕落。你找不到工作又不屈服于现实，那么偏执。还有，你那天等我的行为就是你对我的不信任……"

她注视着我："你何时解释清楚，再来找我。"她转过头去。

"你还在斤斤计较，真不可理喻。"说着我走出了琴房，重重关上了门。我不想解释。

我隔着琴房门上的玻璃小方孔一字一顿："丫丫，你——他妈的——真现实。"

外面的梧桐发出哗哗的喧响，那种喧响里有我们谁也抗拒不了的难受。

隔了一天，蓉又打了电话过来找我，说要毕业了，要见我一面。真是忙里添乱。

我出去，和她漫步在黄昏的校园里，空气里到处弥散着绣球花的味道。我们沿着学校东门的石级往下。蓉像一个长不大的孩子，在前面嘻嘻哈哈。黄昏的残阳压在了西天，我的心里却惦念着丫丫，仿佛在心里压着一块石头。我知道此时丫丫又该去图书馆了。

我一直想说的是，丫丫，喝酒是同学情谊，你还没到毕业，不懂。我不是不现实，只是希望能靠自己的能力养你一辈子。那晚等你，只是担心你的安全。这答案压在我的心底，很痛。你知道吗？

可我一直没说。我那么倔强。

走着走着，蓉转过来盯着我："孙老师，看我。"

我微微一笑，"有什么好看的？"

蓉轻轻地靠在了我肩上。

蓉说："你知道吗，丫丫姐说，讨厌你固执、偏执、执着，而我却偏偏喜欢你的执着。"

我随手摘下路旁的枝叶，衔在嘴里，苦涩地笑着。

徐哲说过，我和蓉很般配。两个浪漫的人一起出去做古筝老师，一起去天涯看日出和日落。

但蓉和我从来没谈过现实，她仿佛一直活在童话般的梦幻里。

蓉的眼里有泪水，我问："怎么了？"她说没什么，只是要毕业了，有点忧伤而已。

蓉说，今晚她要去蹦迪，去喝酒，想彻夜狂欢，要我陪。

我停顿了一会儿，摇了摇头。

"你别后悔。"蓉说。

"你想怎样？"

"没咋，我想疯。"

"疯，你去疯！"我突然嗓门很大。蓉吃惊地看我，然后留给了我一个背影，鸟儿一样飞走了。

我把爱情交给了时间去沉淀。我没有直接去告诉丫丫我心中的解释，到毕业，我一直没去找过丫丫，也没见过蓉，这是年轻的自负。

我接受了上帝的审判，接受分配，回去做老师。

7

晓剑：

时光匆匆，转眼已是半年。

你还好吗？还记得那个叫蓉的傻傻丫头吗？

这半年过得好快，一直忙忙碌碌，也没来得及给你写信。你的她还在吗？

感恩缘分，让我在去年这个时候认识了你，那是我人生最开心也最忧伤的一段日子。

再次提笔，不知所云。也许，有些遇见一开始便是永恒，有些遇见注定是一场劫。是缘是劫，再不必纠结，只感谢，你曾经在我生命中出现。

　　再见？还是再也不见？一切随缘。

你的朋友：蓉

2001年3月12日

　　收到蓉第十封信的时候，已是第二年的烟花三月，我工作大半年了。

　　读着她的信，我心中略略有些宽慰。我回了信，淡淡地说了些日常。我说那段日子，其实我的感觉和你一样，有明媚也有忧伤。

　　我后来买的车子也是蓝色，是海的颜色，这让我偶尔会想起蓉。那个春天，我整理了行囊去了扬州。

　　丫丫的工作已经定了，准备留校任教。那天下午，我找遍艺术系琴房、舞蹈房、多功能厅，都没有见到她，最后在图书馆找到了。

　　她看到我有点吃惊，睁大了眼睛。那双眼还是那么灵动。

　　我们曾经离得那么近，曾经海誓山盟，甚至谈婚论嫁，可是后来竟然分了！我咬咬嘴唇，有种呼吸的疼痛。

　　"丫丫，我们出去说话可以吗？"

　　丫丫仿佛没听见，她在继续看书。过了一会儿，她木然地看着窗外。

　　外面的春天多美，风吹过蔷薇。

　　丫丫回过头，在纸上草草写下几个字，然后递给了我。

　　我接过，上面写着："我不认识你。"

　　我迟疑了一会儿，然后慢慢退出图书馆。我知道这一切都被时间风化了，爱情已被时间撕裂。它们只是隔了又一个烟花三月而已，却成了无法融化的冰。

　　我在扬州晃荡了半天，也没去找蓉。爱情或友情，当时已惘然，刻舟求剑式寻找，又有何意义呢？

　　夜晚我约了徐哲一起喝酒，他陪我彻夜喝酒。毕业那年，徐哲和李艳两个人较劲，为了到底去哪里，分分合合多次。最后徐哲妥协，两个人都留在了扬州。

　　第二天，我在扬州车站空旷的候车厅里，想起电影《春光乍泄》里台词，"当我站在瀑布前，觉得非常难过，我总觉得应该是两个人站在这里"，竟不能自己。

　　这个春天，新来的同事们陆续谈着恋爱，他们在爱的天空里爱得如火如荼。

　　夏天要来了。我轻轻哼起《飞鸟与鱼》的歌。

　　我是鱼／你是飞鸟／要不是你一次失速流离／要不是我一次张望关注／哪来这一场不被看好的眷与恋／你勇敢／我宿命／你是一只可以四处栖息的鸟／我是一尾早已没了体温的鱼／蓝的天／蓝的海／难为了难为了我和你／什么天地啊！／四季啊！／昼夜啊！／什么海天一色／地狱天堂／暮鼓晨钟/always together /forever apart /music/ 睡不着的夜／醒不来的早晨／春天的花如何得知秋天的果／今天的不堪如何原谅昨日的昏盲／飞鸟如何去爱／怎么会爱上水里的鱼……

　　老教师们热心地张罗着帮我游说恋爱对象，我在现实里开始了按部就班。烟花三月的天气，我抬头看看天空。天空有白云衬着，蓝莹莹的，仿佛超脱般干净。

山那边

1

11月，北方，太阳吹散了薄薄的雾霭。天湛蓝，欲滴，苹果的香味绵延起伏。

在沂蒙山区写生的第三天，我们来到了石门洞村。石门洞村坐落在半山腰上，星星点点散落了十来户石头房子人家。

老师规定我们在村里写生，傍晚前完成一幅作业。"不要扰民，不要偷摘老乡的果子。"老师说话的腔调听上去就像八路军的连长。

沂蒙山区是老区，抗日战争时期出过很多英雄。

当其他同学正在村头听当地一位老者讲抗日战争故事时，我和冷冰川、小灰三人，相约溜进了村子。说是一个村，其实很大，好几座山呢。放眼出去，大山都是肩并肩手挽手。

小灰说："一直画风景没意思。如果能找个模特，不管男的还是女的，画一幅肖像画倒不错。"

冷冰川说得更直白："最好是个漂亮的山里女孩就好喽！"

我和小灰攻击他："老兄你的花花肠子收敛一点，这是人家地盘。能画到人就不错了。"

但在心里我也渴望画女孩。画老头老太有什么意思呢？

画谁呢？我们背着画板在山头像游击小分队扛着枪一样，

来回踱步、远眺。

我们三个对女孩的见解，总是很难达成统一。身高胸围臀部有时各执一词。但我们对杨飞云的画中的女孩都比较认同。杨飞云的画形象、饱满、充实，女性的优美淋漓尽致，纯。还有陈逸飞的，那种江南的古典、婉约。

同学们纷纷从我们身边走过，有人看到了我们就和我们搭讪："你们三个在一起肯定不做好事。"

我们三个在班里称"三剑客"，应该说都有点个性，又有点共性。喜欢表现自己，有时又互相拆拆台、剥剥皮、揭揭彼此老底。比如逢考试，同学们都拣后面的座位，我们就故意最后进考场，坐最前一排，3个人一进教室就将书本"啪啪啪"往墙角丢。我们不作弊，还比谁最先交卷，用女同学的话说"真是帅呆了"。这种傻事做过很多。

同学们三三两两一下子散在了各个山头。近深秋了，满眼的枯黄，即使有绿，也是点点浅绿而已。同学们的影子像一个个小白点小黑点在对过的山头来回晃动。

冷冰川是班长，根正苗红的那种，政治舆论导向应该正确。我们和他混，也算政治上要求进步的表现吧。我们有时酸酸地奚落他挖苦他："我们可以恋爱，你就不能，谁叫你是干部。"

冷冰川用手搭了个望远镜像百团大战中的彭老总一样望着山的对过，看目标是否出现。

冷冰川贼心是有的。我不了解他谁了解他呢？

2

这时从下面半山腰上来一个女孩，十八九岁光景，扎着一个马尾辫子。马尾辫在秋风里来回晃动，高挺的胸脯也晃动，胸部就像微风中枝头晃动的苹果。

小灰看得入神，我提醒他："你别太色好不？"

"谁太色了？"

"你！"我说。

确切地说我们都没恋爱呢。冷冰川是干部，有贼心没贼胆，搞的是地下活动。有时我们看见他用破自行车载着女孩在校园的林荫道上穿过，回到宿舍我们就逮住他审问，可他就是不承认。我们说他的恋爱方式是"欲盖弥彰"。

而我在几个女孩子中间来回穿梭，丝毫没结果，还得了个"花心大萝卜"的称呼。

小灰是胆小的那种。小灰在理论上说的一套又一套甚至可以考百分，实践上是鸭蛋。周末就喜欢看录像，看鬼片，恐怖片，言情片，三级片。他说三级的没看，谁知道？有时周末看到三更半夜甚至通宵，我们总说他，咱艺术系怎么有你这个孬种。但最近听说他和班里一个叫作高高的女孩好上了，但还没结果，只是偷偷摸摸的那种。

在大学里恋爱不是什么丢脸的事，有时也是炫耀的资本。有时就是你自己炫耀，我们都不承认你。等哪天你去食堂拿着4个饭盆（那时吃饭要自己带盆），且有女孩挽着胳膊，我们才承认你有那么回事，否则就炮轰你。

冷冰川在那儿不发表意见，一般情况下我们都听他的。他像一个指挥官，我们两个像参谋长、政委，等待他下达命令。

女孩从我们身旁走过，像秋天田野的风，微微拂过。她对我们陌生人的到来有点好奇，走过去了还回头张望了一下，眼睛里储满了秋天的秋色。这一回眸真够乱人心曲的。

我们意见一致，行啊！

但怎么和人家开口让她做模特是个问题。女孩的身影渐去，如一朵小花在山头飘远。

我冥冥之中觉得她应该回来的。

我说会回来的，小灰说不一定。我们还争论了一会儿。

冷冰川喝住了我们，"吵什么吵？你们两个就像故事里的两个兄弟，看到大雁，一个说煮着，一个说烧着，最后大雁飞了，你们煮个屁。"

我们就没声音了。冷冰川手里拿着树枝条在地上胡乱比画，他脑子里肯定在想什么歪点子。小灰呆呆地远眺。我把画板放了下来，一屁股坐下，顺便将鞋子里的石子倒掉，在女孩下去的左侧山路上望了望。

一山坡的诗意。

3

我们顺着女孩走的方向向前，穿过一家家石头房子。

山里人家院子围了起来，像个四合院，围墙都是石头。

透过院墙的缝隙，我们看见她了，在院子里和一条大黄狗说着话。我们在院外，听不懂，是山东话，狗懂。

冷冰川说："这次得抓住机会，3个人得配合。"

小灰笑了，"不就是找人做模特吗，感觉像做贼拐良家妇女似的。"

"滚！"冷冰川唬道。

我们商讨得找个什么样的理由让人家同意做我们的模特。冷冰川说相机电池没了，我们又不知在哪儿买，可以找这个借口让这女孩买。我们觉得这主意不错。这家伙鬼点子就是多。

冷冰川又说："别他妈的把宿舍里的那套胡话黄话下流话拿出来跟女孩交往，人家纯着呢，会怕的。个个装老实点。今天不是泡妞是画画，找模特，正经一点。"

"谁不正经了，真是的，就你知道画画。"我和小灰在后面嘀咕。

大黄狗发现了我们的鬼鬼祟祟，汪汪大叫，充满戒备，脖子上的链条发出哐当哐当的声音。女孩喝住了狗，朝我们笑笑。女孩撸了一下狗头，狗用舌头玩弄起她的手来。

我们在门外推推攘攘，谁都不想先说。这时感觉还有点羞涩起来。我们三人挤在一块，相互推让你先说你先说。

最后这差事轮到我，我开口了："你好，我们是来自江苏的大学生。"还没说完，他们两个在后边窃窃地笑，笑得很不正经。女孩也笑了："你们笑什么啊？"我向他们两个死鬼使眼色，这两个还在笑。我真想揍他们，但这角色还得扮下去，总不能说半句话吧。"他们笑我说的普通话不好。我相机里电池没了，我们不知道在哪儿卖，你可以帮我们买一下电池吗？"我接着说，一本正经。

"可以啊！"女孩回答爽快，眼睛生动地眨着，眨的正是陈逸飞画里的、杨飞云笔下的眼神。

随后冷冰川给了她 50 元。当时我们心里嘀咕，如果女孩拿了钱跑了怎么办？冷冰川说："应该不会吧，这里人淳朴。跑了可惨喽，这是我两天的生活费呢！真跑了你们两个一起赔。"

女孩很快地从山路上飞去。

"能让她做模特就好了。"小灰说。

"一步一步慢慢来，"冷冰川说，"买电池还没结果呢！"

不知道这女孩高兴不高兴呢，做模特很累，得一动不动。我们平时画肖像都是挨个儿轮流做。全班轮完了，就到外面去找。外面找的都要给钱，于是我们曾经想出个法子，向全校公开招聘，美其名曰开展"做模特免费送画像"活动，谁做模特，就送一幅画。真没想到免费模特一下子爆满。

我说如果她愿意做，我们可以出钱给她，他们两个赞同。

女孩回来了，带回了电池，将多余的钱如数交还给了冷冰川。冷冰川想给她辛苦费，女孩不要。

"我们可以帮你画张画吗？"冷冰川投石问路。

"好啊！"女孩说，"你们是画家吗？"

"暂时不是，几年以后就是。"冷冰川骄傲地说。

我们在后面偷笑，这家伙好不要脸，真当自己是画家了。

"我们是艺术学院的大学生。"冷冰川说。

冷冰川能侃，他们两个聊着。

4

我们紧跟着来到她家的院子。大黄狗一直用头拱女孩的腰部，对我们则虎视眈眈，它把我们可能当作了坏人。女孩拍拍狗的头，大黄狗就友好地摇起了尾巴。

女孩名叫养珍，姓徐。初中毕业已多年，曾经外出打过工，做过饭店服务员，出去半年不适应城市，就回来了。她说城市里的男人坏呢。听到"城市里的男人坏"这句，冷冰川就显得义愤："这些狗杂种，不是好东西。我们不坏。"

我们三个是从农村里出来的，进了艺术系，自以为是，自命不凡，身上带了很多痞性。

她的很多初中同学去了南方，很多都赚钱了。"也不知道究竟做什么，一没技术二没文凭的。"她带点迷茫、带点向往说。

她家有3间房，石头垒起，墙上贴满了花花绿绿的旧报纸旧年画，房顶上结了好几张蜘蛛网。中间的堂屋里摆着一台黑白电视机，12英寸的，这种电视机在我们那早已绝迹。养珍说，电视只收到几个频道，不像城市里收得多。两边的房间是睡觉的，我们进去一看，除了床以外没什么像样的家具，用"家徒四壁"形容真是恰如其分。

我心里涩涩的，不知是什么滋味。我们3个人都沉默无语，刚才的浮躁已消失，心情甚至有点沉重。我们卸下画板和手里的袋子，开始准备画画。养珍早已落座。她挺高兴，脸上始终挂着微笑，笑得那么灿烂，和着外面的秋阳，单纯、美丽、热烈。

我们在 3 个不同角度画了起来，用笔开始找比例，用线条勾勒。我仔细端详起养珍来，瓜子脸、大眼……她的胸部明显带着起伏，像外面绵延起伏的山坡。

他们山里人出去干农活中午不回来吃午饭。因为从山脚到山上要大半天，若中午回来，时间就全折腾在路上了。写生的日子，我们也不吃午饭，身上带了煎饼。近正午，肚子饿了，我们让养珍休息，也让她吃点东西。我们狼吞虎咽，三下五除二就吃光了随身所带的煎饼。

养珍走了过来看我们的画。她俯下身子来到我们的身边一张张看着。她俯在了我的肩膀左侧，头几乎挨着我肩膀了，我闻到了山里的澄澈气息。

"我有那么漂亮吗？"

"当然了。"我们几乎异口同声。养珍笑了。

我们休息的间隙，养珍从里屋煮了一锅板栗，拿出来让我们吃。我们说拿钱买，养珍说："自家种的不值钱，吃就是了。老是钱不钱的干吗啊？"她显然把我们当作了客人。

下午我们继续画画。她的父母从地里回来，起初看到我们有点吃惊。养珍告诉他们，说我们是大学生，未来的画家。她的父母露出憨厚的笑来，叫我们吃板栗。

她的父母看到小灰图画的时候，说他画得最像。养珍跑来就看小灰的画，这挺让我和冷冰川妒忌。

小灰自小画画，是童子功，只是进了大学以后忙着看录像，专业上一直吃老本。他哪来心思画画？前两天在沂蒙山区写生的时候整天和高高黏在一起，还说爱情是动力什么的。

离开养珍家的时候，几近日落，残阳烧在西天。养珍在我们的画上留下了地址。我们合了影。这个村庄从来没来过我们这样的大学生，我们走的时候，我看得出养珍有点恋恋不舍。

我们答应寄给她照片。

在回去的路上，我们三个说了些不着边际的鬼话，好像还发誓，如果以后谁混出了名堂就去娶她。

"别多情了！"冷冰川说，"还不知人家高不高兴插你这堆牛粪呢！"

回到学校以后，我们三个还真挺用功了几回。这两个小子不知哪根神经搭错了，学习比以前用功了很多，身上少了点痞性，常常在画室画到深夜。

我们说过会写信给养珍的，但每次说到这上面，总是你推我我推你的，就搁了下来。

后来，各自忙着考试、画画、实习、写论文，我们好像把这事给渐渐淡忘了。

十几年以后的今天，小灰做了保险公司的经理，小灰和高高结了婚，冷冰川做了装潢公司的经理，我做了教师。

我们说过的话只属于青春，留在了千里之外的沂蒙。那年我们刚20岁出头，做梦都想当画家想娶美女。真是做梦的年龄啊！

铸　剑

1. 安钢

凉月无边。

徐夫人从炉火中抽出匕首，一阵锤打过后，又慢慢放入水中，水里随即发出"嗞嗞"的声响……

这种声响，我在旧日的老街上也听过。

夕阳就要落下山头，紫红色的云霞燃在檐角，作坊里"叮叮当当"的锤打声不绝于耳。我斜背着书包，猫着腰在门口瞄了一下。屋里暗乎乎的，空气里冒着迷幻一般的白烟，铁匠正在忙着打铁。

我曾好奇地问过他："你会铸剑吗？"

他的眼神里越过傲慢和自信："怎么不会？"

他锤打的姿势，壮实的肌肉，让我联想到古代的壮士。熟悉后，他告诉我打铁的第一步叫"安钢"。在锻打毛坯时，钢片与铁片要配合使用。首先要选择适宜标号和大小的钢材粘在烧红的坯子上，然后用铁锤反复敲打，让铁的韧性和钢的刚性糅合在一起，直到融为一体。如果全是钢，刀就容易崩口断裂；如果全是铁，刀就容易卷口磨损。但我总怀疑他，认为他在吹牛。我三番五次去铁匠铺，同学们都以为我喜欢铁匠的女儿。其实不是的，真的，一开始肯定不是，我喜欢的是剑。

那时，我迷上了荆轲刺秦王的戏。认为徐夫人才是鸿鹄，而铁匠只不过是云雀。因为他的店铺里到处是锄头、铁锹、钉耙等农具，根本没有宝剑。他离我期望的侠客之气太遥远。

徐夫人乃战国时代铸剑名家，以藏锋利匕首闻名。他姓徐，名夫人，不是女人，是纯粹的爷们。

2. 火候

我胡思乱想，无边无际，有时也认为铁匠应该有徐夫人一般能耐的，因为他答应过给我铸剑。我有时也梦见他的女儿——炉火的光照映红她的脸及低低的领子，雪粒子落在外面的石板街道，我们在屋内围炉取火谈诗。隔壁的早点摊子隐约飘过萝卜丝饼的油炸气息，她穿过铺子去后院，缓缓飘过的身影如《诗经》里植物生出的诗意和清香。

我还梦见过荆轲，他一跃上马的动作英气逼人。他骑马穿过燕赵大地，和太子丹饮酒对歌看月亮，眉宇间带了点点愁。

铁匠作坊里风箱呼呼生风，炉火正旺。

当我又一次去铁匠铺和他说铸剑的事，他正和一个女人在交谈。他们聊得很起劲儿，"去去去！"他竟然把我赶走了，这让我无比沮丧。

我入戏太深，迷上了戏里的一切。

荆轲答应去刺秦王。

工欲善其事必先利其器，"于是太子预求天下之利匕首，得赵人徐夫人之匕首，取之百金，使工以药淬之。以试人，血濡缕，人无不立死者……"徐夫人在那时出现了。

某个午后，我又缠着铁匠。他正一个人饮酒，阔大的身板坐了大半张凳子，裸露的臂膀上汗珠子发着晶亮的光芒，"咕咕"大口喝酒的样子大有古代侠士特立独行的风范，让我改变了对他乌漆麻黑形象的看法。

"要剑也可以，叫我师父。"他说。

我不肯。我的梦想是侠客。侠客的师父理当居深山密林，仙风道骨，不是飘着咸鱼干萝卜丝饼味道的老街。

　　他无所谓，边喝酒边滔滔不绝。第二步"煮火"。把加钢的坯子放在炉里煮火，让钢铁充分熔化，这时钢铁上会不断地冒着火花。煮火时，如果火候不足，打出来的刀使用时铁片会一层层崩落。如果煮火太过，钢铁就会"烧醒"，钢铁的量会在无形中流失，打出来的质量就会大打折扣。冷却，敲打，再冷却……周而复始。徐夫人锻打的匕首，靠的就是精细锻打。

　　我一边听，一边摸口袋里的一封信。我感觉到了手里的汗渍，我嗅到了铁匠铺后院有她女儿的气息，那是青春鬼魅的气息，我甚至还把它和《聊斋》里的女子扯到了一起。我看似很认真地听讲，其实只有六分多的注意力。我听得稀里糊涂，听得极不认真，这些都是要命的。

　　我又沉湎于戏里。

　　荆轲启程，天空划过人字的雁阵，送行的人至易水，皆素衣。荆轲的好友高渐离击筑而歌，荆轲唱起"风萧萧兮易水寒，壮士一去兮不复还"。荆轲离开，一直没有回头。读"于是荆轲遂就车而去，终已不顾"，我一声叹息。这样的决绝，难道是为刺秦埋下的一个伏笔？我好欣赏荆轲不回头的样子，用现在的词汇——好酷！

　　我摸着的信，和荆轲呈给秦王的礼物无异，只欠火候。

　　少年的我后来又爱上写诗，"蓟地泊满燕都的香火／易水／在筑声中泛着光亮……"这些句子都是我在深更半夜睡不着的时候胡扯出来的，一字一句又仿佛是从胸腔里抽出来的，和剑客拔出的剑一样，"嗖"的一声，空气里仿佛划过锋利的光芒，然后收剑入鞘，自我感觉良好。学校里辅导我们作文的苏老师却说我的诗歌离"光芒"还很远，尚欠火候，得历练和提炼。这让我写诗的蓬勃气息又蔫了好一阵。

　　筑，古代的弦乐器，现已失传了。

3. 蘸火

　　成型后，最关键的一步就是"蘸火"（即淬火）。烧红的刀片出炉后先要冷却。何时冷却、冷却多久，都不可随心所欲。要靠眼力，要分辨颜色，像孙悟空识别妖怪一般，等到呈"牛肉色"（暗红色）才可入水。随着刀片入水，"唑唑"声响起，白色的蒸汽升腾起来，眼前瞬间会有迷幻般的感觉。蘸火后的刀呈天蓝色时，才真正完工。不同性质的钢材打成的器物蘸火后会呈现出不同的颜色，这些都要靠铁匠的眼力和经验。

　　"蘸火，蘸火。"我默默念叨，似懂非懂。我觉得自己最近的言行也有些近乎蘸火。母亲问过我哪里不舒服，还用手掌摸我的额头。没有，真的没有。

　　我一有空就去铁匠铺对面的康乐桌球室玩。我拿起杆子瞄准的时候，视线就越过街面越过铁匠铺的铁质窗格，去看那里飘着的白烟。我的想象很过分：我和铁匠的女儿在院子里对弈、舞剑，她穿那种长袖的衣衫，她在木桶里洗澡……

　　我闭上眼睛。"图穷而匕首见"。当荆轲呈给秦王的地图即将全部打开时，荆轲预先卷在地图里的一把匕首露了出来。我想起了蘸火，对，就是蘸火。秦王嬴政一见，惊得跳了起来……

　　那天，我最后一次去铁匠铺。屋内的烟火已经熄灭，但还有丝丝缕缕的青烟缭绕，像落着雨的田野，久旱过后的一场甘霖。

　　我摸上他家楼梯的时候，步子很轻很慢，贼一般。在戏里我最痛恨的就是随荆轲一起刺秦的秦武阳，"至陛下，秦武阳色变振恐……"，现在我也恨自己了，恨自己不争气的腿。

　　"谁？"是铁匠浑厚的嗓门。

　　我一吓，随即有个陌生女人急急冲下楼梯。我看到了她低低的领子以及领子里边的桃红柳绿。我认识铁匠的老婆，她不是。

我脑海里又晃过戏。

荆轲身受 8 处剑伤，他张开双腿像簸箕一样坐在地上……但他仍然傲慢地笑着。

"轲自知事不就，倚柱而笑，箕踞以骂曰：'事所以不成者，乃欲以生劫之，必得约契以报太子也。'左右既前，斩荆轲。秦王目眩良久。"刺秦，最后失败了。

据说铁匠为了爱情再也没有回过老街，他的老婆在街上到处骂他。这几天我的灵魂似乎也有点晃荡，"嘚嘚"的响声，"哐哐"的振动，像火车离站时的声音。我感觉我的思想开始游离我的肉体。我想象铁匠他们是乘着火车走的，他们勇敢地把老街铁匠铺的火掐灭了，燃烧起另一种火。我在校园里见到她女儿的时候，想说些什么或解释些什么，但这些语言囫囵咽进了肚子。

我跟着世俗有时嘲笑和痛骂铁匠，有时也莫名其妙地欣赏他的勇气，觉得他在爱情上终于像鸿鹄了。我还隐隐觉得是他为我挡了一剑。一个少年莫名上了人家阁楼，小偷？铸剑？还是另有其他？在劫难逃的会不会是我？如果是我，那我该怎样解释？欲望、青春，它们怎样引领人们走进胡同又怎样指点柳暗花明？

我曾写下"始皇的兵马射绝了燕声／英雄在历史的册页里归隐／易水依旧／筑声依旧／江山却姓了秦"。可现在，秦早就没了，筑也失传已久。

一个少年铸剑的梦，虚虚实实在时光里百转千回。

时间才是真正的剑。我的诗里写过这一句吗？我忘了。

听"风萧萧兮易水寒，壮士一去兮不复还"，咿咿呀呀清唱，好一阵苍凉。

第四辑

拂云和

筝上塞北

　　年少时一直以为古筝属于吴侬软语，是江南折子戏里一段阴柔的、丝丝入骨的雅。

　　它的背景理应在同里周庄的水上。烟雾缭绕，佳人，白裙，长发，纤纤十指舞出一片氤氲。在袁莎的《云上诉》里，她将背景放在了乌镇。水上泛舟，秀出一段东方的古典美，用古筝在现实里弹出一段乌托邦，一片世外桃源，让人感叹女子的风华绝代或兰心蕙质云云。

　　未触摸琴弦之前，一直把古筝看得很高深，想必那是高人的藏品，如侠客的剑。古人操琴，指尖骨力，或儒、或道、或佛，《高山流水》《广陵散》……岂是我等凡夫俗子所能彻悟？

　　说筝必须提到琴。虽然古筝和古琴不同，但里边有相通的风雅。昔日诸葛亮城头弹琴，何等逍遥。但在一位朋友的文章里，她却将诸葛批了一通。她说，琴应当属于心无旁骛的人所碰。诸葛亮空城计的背后有诈，和琴持有的洁净操守不配。这点我赞同。筝也是，无论阳春白雪的端庄高雅，还是下里巴人的质朴粗犷，都有着独特的格调和意蕴。若一旦和谋略相提并论，就失了它的质。

　　在中国古代，弹筝者歌伎较多。在一些骚客离别的愁章里，一曲贬谪里的忧伤点缀，柔弱如小令，却哀婉至极。宋时，人们称古筝也叫"哀筝"，"弹到断肠时，春山眉黛低",独有烟雨凄迷。但古代卖艺不卖身的筝声和当今一些只会脱的人群相比,我对古代的女子是崇敬的。即使隔江犹唱,也是巾帼不让须眉的大气。

古筝的另一些曲子里,一些粗犷也是显然突兀的。如涛啸,如山崩,恢宏,霸气。在武侠片里,侠士抚琴而歌,兵临城下,拨弦击之,弦惊鬼神,直抵三军,那是把古筝神话了。

看了王中山先生的演奏,那才叫酣畅淋漓。原来古筝通过男人的手指也是可以这样弹的,《林冲夜奔》《临安遗恨》,骨子里的缠绵,一泻千里的抒怀,一如八百里的秦川,一如大江东去壮怀激烈,淋漓尽致。据说王中山先生早年走南闯北遍访民间大师,很多乐曲表现的功力直接来自底层。所以我也相信了这底层的底气,是真的底气。我相信,古筝的美,不仅仅在江南。

无端地想起了音乐市场来,名利的纠结有时感觉太负累。其实各行各业莫不如此?年龄越大,我越喜欢那些古朴的、苍茫的意境来。在边塞,羌笛、胡笛若配古筝,那是多么纯净啊!其实弹琴、为师应该是这样的,宁静致远。

在古筝起源说中,"蒙恬造筝说"影响很广泛。蒙恬是武将,四处征战讨伐中将筝也传开。所以,我认为,在古代的边塞是有筝的,和剑一样,将帅们带着,适时弹拨。唱的自然也不是空城计,那是筝上的塞北,骨子里有马革裹尸的气节,筝声里有黄河、长江、巍巍昆仑。沧海一声笑,爽朗至极,可敌三军。就算我是唯心的吧,不过这样真的很配弹琴。

筝上繁花

1

我们在尘世里结识，便认定了你是那只狐或妖。我抚摩那些木结子或纹理，像抚摩一个女子的肌肤，故事、曲折、爱都在那里。

那些音符的排列组合浩瀚无边，也像万千的色泽，调和、纷扰，成冷或暖的色调。我原以为你就是我身边的冰山一角，逐渐才发现，你是我精神的寰宇。让我在急急的生活里，多了好多顾盼。

2

我从一个泛音而起，在一个颤音回落，音色的饱满圆润，凝结了春夏秋冬的轮回，哀或伤也在那里，苦与痛也在。

我听见了白居易的愁：弦凝指咽声停处，别有深情一万重。

我听见了王维的禅：深林人不知，明月来相照。

我总以为，你是我熟悉的，有时面对你却情怯。有时我只是在你前面看看或坐坐，竟无言。

我似乎悟到了什么，又感觉什么都没有悟到。

偶尔，心里有雪落的空旷、白。

3

勾，抹，挑，或摇。我起初用这些词汇来描绘风月，描述生活和历史的音韵。

后来我在弦上又执拗地用片刻来追一个片段，叙述它们的情或境，可它们刹那而过，只是让我独自面对瓶颈。

它们有楷书的筋，有柳体的骨，有天地无垠。

4

那些旗袍或阳刚的色泽，在春风里慰过恋恋红尘。

淡淡爱，浅浅喜，深深藏，长相知。你说：我来自一根木头。你若无动于衷，我便安静于斗转星移的一个角落。你若心动，便是惊天动地刹那的共鸣。

"此曲有意无人传，愿随春风寄燕然"，是李白《长相思》里遗落的音符。

我洗洗风尘，如抚素壁或尺牍，有时表情达意，有时直抒胸臆。

神　器

　　义甲落弦上，一泻千里，如鹰击长空，北风呼啸。动或静，黑或白，深或浅，有对称之美，有角度之美。

　　义甲落诗行，"银甲弹筝用，金鱼换酒来"，让我看见唐时女子的十指纷飞，装点风花雪月。

　　落来处，我看见动物骨骼、躯壳、牙齿、角爪、穿山甲的眼泪，玳瑁游弋，月落乌啼。

　　义甲绑指端，薄，见声脆，厚，见力，有急雨敲阶，有朔风吹雪。

　　义甲和摇的技巧匹配，弦间繁复，便有春到湘江的悠悠船歌，骊山晚照入暮晴霞，咸阳古渡的长天一色……

　　幻想佩有干将、镆铘之剑一般的物，量指而行，手感、眼力、内涵都不缺，吻合自己的情深意切。

　　戴或解，我已驾轻就熟，像战士拆卸枪弹，组装，上膛，格外利索。但我更喜欢慢慢解下，让经年岁月磨我的急躁和倔强。

　　解下义甲，如剑入剑鞘。有时我还会沉浸在曲子中仿佛没有回过神来，有时也有曲终人散的无边孤寂，有时也嫌烦。但一抽身一回头，刚才的音符，落英缤纷，仿佛我个人生命的履痕词汇，又如若神遇。

力度藏丘壑（外一篇）

力度掌控之间，弦间有了波澜，仿佛生出乱石穿空、惊涛拍岸的浩荡，有宏大的叙事，雄伟悲壮，壮怀激烈，也有细到骨子的缠绵，轻巧婉转，低声倾诉。

它可以是一个具象，一缕哀伤，一种虚拟，风云变幻或聚散依依，可以有微妙的感知，欣喜，淡然，委婉……

但绝不是蛮力，不过火，过了则生硬，虚了则飘。得文火旺火结合，触摸那里面丰富的层次，这是技术修养和艺术修养烧制的过程。

有时和一个音符相遇，不偏不倚，那是控制力，也是机遇。它繁复而不凌乱，如果乱了，乱的则是心。

古筝演奏家袁莎说："弱到好处即是诗。"弱，也是一味，是平仄的恰到好处。指尖游刃有余的变化，决定了音色的光影闪烁。

袁莎又说："弱音需要很大的力气去弹很小的声音才能有质感的声音，像极做人，需要内心极其强大才能修炼得很温柔。"

心有猛虎，细嗅蔷薇。

我们徘徊，琢磨，玩味，寻思，或问道，就像有时用中药调理我们身体的微羔，让我们体质不能上火，也不能虚弱。

它那么具有哲学味。

度，那是功力、魅力，也是做人的涵养和格局。

泛音或休止

那手生莲花的姿势，仿佛专为空灵而设，守一抹玄黄，几卷汗青，萦回梅花三弄的清绝，高山流水的不期而遇。

木质和金属的共鸣，逸出寸寸情思，点点孤独。那些磨蚀生命的疼痛，那些千千结的顿悟，像木鱼一样不舍昼夜的笃笃之声，暗香或疏影，在我灵魂里摆渡。泛音，其实是我心口没有关上的门，是屋后风摆翠竹的清影，山涧潺潺的溪流，在另一度空间里山鸣谷应。

一个休止，又仿佛鼓角峥嵘消逝后的静穆，慷慨中隐匿了力，明快中有了跳跃。急管繁弦过后，瞬间止语，仿佛为又一个华彩铺垫。那是屏息静气的积聚，是天籁的凝固。是藏，是蓄，是收，是另一种酝酿，是无声胜有声的无形。

我在泛音里寻明澈，在止音里作静观，人生里便有了矛盾、妥协、独白、怀想、禅悟……

流动或存念

1

岸边，水杉在风中摇摆，仿佛和秋天有话要说，树根却盘根错节，如我们的思想，在生活的另一面暗自生长，将孤独或深邃细细地隐藏。水杉的叶子正向秋天孤自黄去，一片片掷了一地，如岁月的表面，悄悄流逝。你会想秋天的诗句，故意或无意的，无边的，悲秋的，声声慢，贴满愁绪。

几粒鹅卵石，像五线谱一样镶嵌在那里，成了路，让寂寞的人走过或徘徊。

《山居秋暝》里"空山新雨后，天气晚来秋。明月松间照，清泉石上流……"秋天清冽，仿佛吸了一口明月松间的气息，直抵心扉。

王剑冰说："没有河流的地方，让人心绪不宁。"有了河流，眼里就多了明净，有了辽阔。坐看河流，那是和自己对话的一种方式。想岸和河的细节、暧昧、相守，那些蓝天白云，那些色彩斑斓，那些斜风细雨。

那沉淀的沙，或留守的水草，经年的石级，不说话，可并不代表没有目的或身姿低微。它们是坐看流动的智者。

心动或风动，那是生命河流里交错的声部。

我偶然呆呆地吟"晴空一鹤排云上，便引诗情到碧霄"。

2

想些小隐的事，如阮籍的隐忍、嵇康的狂放。"朝阳不再盛，白日忽西幽"，是阮籍佯狂里的悲鸣，酒里沉醉，山野哀叹。《广陵散》的低沉或清越，是嵇康怒放于刀光血影里的高歌。

若一切皆空，就无所谓用自然或饮酒做帘子，听所谓松涛或弹琴风雅了，因为佛在心头，山水就在心头。许多隐士也无法做到空，所以和禅隔水相望。

我喜欢辽阔的唐、委婉的宋，在历史的长河里寻觅，环佩叮当，白马萧萧，枫叶荻花，秋风起兮。

半坡的陶，一个碎片，我会多情地思考。唯美，让我在现实里舒适安顿，和历史风云际会，轻若鸿羽，举重若轻。

我在现实里偶然从众，心思却不定。人潮汹涌里，独自开了小差，我隐秘地在内心藏了一条河流，让思想、孤独，流动或安放。读书，写字，饮酒，作诗，弹琴，让清风、松涛、明月去说协奏的闲话。

"90 后"说什么都是浮云。我似信非信。河流远处，磅礴千里，我独上高楼，听鼓角峥嵘，琵琶切切。

我奇思异想，浮于云端，行于林莽。

"……我爱大自然，其次就是艺术；我双手烤着生命之火取暖；火萎了，我也准备走了。"英国人兰德说的。说得好！

致危谷先生书

　　那年重回扬州，我在校门口遇见你。你骑一辆二八自行车，见了我，就下车来："找你老半天了，你跑哪儿去了？快快快，告诉你一个好消息，这两天南京正好有个艺术家联展，你去看看，绝对有收获。"我口中"嗯嗯"答应，内心却沮丧。那时我刚工作，说白了身上没钱。我想说，饭都吃不饱，谈艺术是多么奢侈啊！但我没说。

　　看着你远去的背影，回想起刚刚毕业的6月，我在校园里送走一个个同学后在梧桐大道独自踯躅地忧伤，我眼眶湿润，好像就在昨天。

　　教我们时，你已是博士，书法、绘画、戏曲、建筑、音乐均有涉猎。在我们心中，你乃大家大哲。中文系、外语系、艺术系很多学子都想投考你门下。我也和你说过考研的想法，日后入你门下读艺术史论，梦里也做过好多次。教我们音乐鉴赏的周老师还和我开玩笑，说要和我一起考，做同班同学。

　　你劝我先准备外语，还推荐了我去看罗曼·罗兰的《名人传》、贡布里希的《艺术发展史》。我用打工的钱去国庆路艺术书店买了一大堆书。啃了一阵，看不懂，就求教你。我也写过一些文章给你过目，比如《摇曳的周庄——陈逸飞的水乡》，我抄在方格本上，上课时递与你。你说文笔可以，只是内容有点偏向了散文，应该往"论"上靠。我大学毕业论文《古筝音乐与诗歌的韵律之美》也给你过目过，你给了我很多鼓励。

　　我到过你家，见过满屋子的书。我有时感觉自己就像那时追随着鲁迅的文学青年，接受你的教诲。即使日后是个悲剧青年也罢，沉或浮，都无所谓，毕竟你曾点亮过我一程。

　　艺术系门口那个书店，我经常跑去阅读外文报纸，也买过一些外文小说来看。工作后，我的抽屉里一直放着那些书。一些老教师对我说，当年很多进来的理想青年，要么飞出去了，飞黄腾达；要么结婚生子，埋进了现实。听了这些，我就仰望幽蓝的天空。"飞黄腾达"，多么壮阔而又浩渺的一个词语，我不曾奢想。但我需要从这里飞出，仿佛在青春里去填一张没有完成的试卷，是我精神内核里对于时光和过往的沉湎。

　　学校集体宿舍4个都是光棍。新进校的女教师也有，老教师提点，你上边还有几个光棍哥呢，轮不着你。我笑笑，又去看书。乡间的夜晚实在孤寂，意境倒有些，秋虫蝉鸣蛐蛐声声不停。夜间，其他光棍儿打牌恋爱去了，我一个人在野外溜达，像康德、尼采那样行走在黄昏的郊野，寻找艺术的灵感。偶然哼起大学时代的歌，想起在你的课上的激越或光芒，一起看艺术幻灯片的情景，瞬间就觉得很伤感，不自觉地流了泪。偶然我会去市区找昔日同学玩，吹牛、喝酒，整夜狂欢。我试图要保留骨子里的青春气息，那种高傲的遗世独立，与天地相往来的孤傲。曾有一段时间，我发觉自己和周围格格不入。我表面上圆融，内心却并不接受这个世界。

　　就在上次遇到你的那天，我又去了瘦西湖边。晓风残月依旧，大虹桥边霓虹灯闪烁如初，但故人却不遇。这是徐凝"天下三分明月夜，二分无赖在扬州"的维扬，是杜牧"十年一觉扬州梦，赢得青楼薄幸名"之地，但此时我孤身一人。

　　我去了政法学院的青砖宿舍楼。和我同届的好几个校友毕业了都没有回去，他们漂在了扬州，躲在大学里读书考研。我问他们为什么不回去，他们说，回去了就意味着再也出不来了。留在这里，至少还有梦。我一听，心灵震颤。那次我和他们吹牛拍了胸脯，说，一定杀回来。他们吃着方便面，味道很香。他们说经常吃，我听了心里很难过。

我终究深埋在了现实，谈了恋爱，考研的事逐渐淡忘。这些年如何过去的，竟如此倏忽，自然有尘世里的欢欣，也有生活里的苦闷。

在小镇，所有的副科我都教过，有时在课堂上叱咤风云，感觉自己要腾云，回到现实，却有些虚空。我拾起过去的笔，写些散文，当然和你比，不可同日而语。你在我这个年龄，早已名满了扬州城。

命运的推手也曾眷顾我。市里干部的选调点到过我，但一会儿又悄无声息，像沉舟侧畔而过的千帆，刹那遥遥。有一年，终于有了机会，我写起了公文，命运的船只似乎有了另外的航向。临走时，我还请兄弟们喝了酒，豪言壮语像古诗里斜阳外古道边的道别。我曾一度以为那便是我一辈子的路，从此白马萧萧，策马天涯。但走着走着，又觉和我骨子里的自由散漫并不适合，那不是我所喜欢的生活。这是我理解的宿命。于是我又摆弄起了我的古筝，这是古筝之乡扬州留给我的最好礼物。我当她是明月、现实、虚幻、古典，是压箱底的一技，从此去行于风雨和汹涌人潮中。

你肯定又要问我看些什么书。我看得最多的是美学。起初并不知道看它作何用，现在发觉从中可以窥见一些生命视域里的另外一些东西，包括过去无法领悟的。渐渐懂得了一些天地、自然、人生的哲学，还有儒道释等智慧，作为我艺术之路上探寻的互补，当然绝不是功利或麻醉。

上次得到消息，知你新近在佛罗伦萨大教堂举办中国画展，我激动了好久，就想写一封信与你。佛罗伦萨是艺术之都，欧洲文艺复兴运动的发祥地，也是徐志摩先生首次译为"翡冷翠"的那个诗意的地方。米开朗琪罗什么的想必你更为熟悉。佛罗伦萨也是歌剧的诞生地，估计你也听过《图兰朵》《魔笛》《游吟诗人》等咏叹调。

时光无影流逝，可你仍是我心头的一盏神灯。

线条之美

我上次漫步经过的那个土丘，银杏叶尚未全部退去，满天的黄，天空如洗，湖泊一般蓝。可仅仅过了一个月，我再次经过时，银杏叶一夜之间仿佛说好似的全部逃走了，地上丝毫没有踪迹，只剩下光秃秃的黄泥。

谢了的花，丢了的叶，来年终究可以绝艳精彩，依旧灿烂芬芳，还可长成合抱之木，甚至万古长青。银杏本就有"活化石"之称。所以，沮丧或杞人忧天就不必了。可是人的生命，无论帝王将相还是凡夫俗子都无法逃脱时间的主宰。转眼浮云的功名利禄，万劫不复繁华短促，如此想来，华发催生的忧虑给人一次次的追问，生命究竟为何？

人生在世，多少人渴望丰功伟绩、渴望永恒，渴望像黄河、长城、昆仑一样留下厚重印迹。可是宇宙太浩渺，谁都无法完成肉体的永恒。在无垠的时间、有限的生命里，人如此孱弱，如此渺小，如此轻盈。炼丹求仙的秦始皇，终没有长生不老，他渴望的江山也在秦二世手里草草终结。《兰亭序》中，王羲之以"永和九年……"洋洋洒洒开头，到最后搁笔长叹，无非慨叹时间如刀般残忍。

但在厚重和轻盈之间，却有一种线条，在时光里蜿蜒、牵引、流转、传递……

没有长生不老的秦始皇，倒是让长城、小篆、度量衡、文字……转过山转过水留了下来，至今绵延不绝。

　　华夏的美学里，有迂回的艺术，它不像西方的建筑、美声、拳击等一定要力拔山兮的厚重，在轻盈与厚重之间，线条之美解开了人生的一个个结，做了一次次承袭。长城是线，千转百回，从远古流到今；《兰亭序》也是线，曼妙多姿，如歌如舞。《诗经》《左传》《论语》《老子》《庄子》……无不如是。

　　在不舍的昼夜里，执着人间，回归大地，说说艺术吧。指法、音符、旋律、节奏……那些线条，和祖先的良善一样，有厚重之力，也有轻盈之美。它横贯了古今，大象无形，以美立命，在一代又一代人身上流淌，奔流不息。它无言且深情，有血脉的源头，有骨子里的精髓，还将继续延续，因此我们又有了好多宽慰。

最美的掌声

那年期末，我组织学生观摩，让每个学琴的孩子上台独奏展示。怕家长和孩子们等待时间过长，我提出，已经弹完的孩子可以先回去。

轮到小佳卉演奏的时候，剧场内观众走光了，只剩下她爸爸和我。那天她穿得特别亮丽，显然有备而来。此时我心情却很踌躇，怕她无法接受一个人在剧场孤独地演奏。她用疑惑的眼光看着她爸爸，意思是还要不要弹奏。坐在台下的她爸爸说："没事儿，认真弹，把最好的水平发挥出来就行。你是最棒的。"小佳卉一曲《浏阳河》弹完，她爸爸站了起来，和我一起鼓起了掌。偌大的剧院，两个大男人的掌声有点孤单，回声却那么清亮。

10 年后，小佳卉考上了大学，她邀请我参加她的谢师宴。席间，我和她聊起那次观摩，问她有没有印象。她说当然有，谢谢爸爸和老师的掌声，那是最美的掌声。

我眼眶一阵湿润，其实我一直怕那次掌声太过寂寞的。喧嚣热闹到暗淡寂静的转角，"最美"两个字，小佳卉是用怎样的时间和阅历去揣摩的啊？

不 惧

　　那年元旦，学生菲儿在南通圆融广场参加一年一度的青少年才艺大赛，所弹曲目为陕西派《姜女泪》。当她弹得如痴如醉之时，只听"嘭"的一声，琴弦断了，台下观众一片哗然，她妈妈更是惊慌失措。

　　弹拨乐器演出冷不防会断弦，因为这个原因，多年来，我一直谢绝朋友们的婚宴助兴邀请。一般的处理：演奏者起立，向观众致意，后面节目先上，然后在后台换弦或启用备用琴。至于没有舞台经验的孩子，估计会手足无措甚至吓得哇哇大哭，以为发生了天大的事情。

　　出乎意料的是，琴弦断后，9岁的菲儿竟然不慌不忙弹了下去。所断琴弦的音高，她从相邻的低音弦上顺利"借"来。主评委是南通筝界颇有名望的陆泰保先生，一个近70岁的筝界前辈。面对一个9岁孩子的应变能力，他颔首微笑，最终给了菲儿一等奖。

　　我曾在王中山独奏音乐会上，亲见大师临场应变。一阵疾风骤雨快板之时，不料倒下两只筝码。但古筝也有一个好处，即琴弦走音或断弦后，相同音高可以从邻近弦上通过左手按滑获得。这需要手指动作迅疾，耳力敏感，应变在刹那之间，并且保证乐曲像流水一样不出现断流。熟能生巧，这一切，王中山早已了然在胸。他像一个武功高手危在悬崖之间，一个鹞子翻身，重又登上山头，化腐朽为神奇在无形之中。演出结束，我和一些观众聊起这事，他们都说没在意。

艺术的绝美之处总在险峰，花旦、青衣、芭蕾、杂技……何尝不是？9岁的菲儿，演奏尚未达到技惊四座的气场，从容自若的姿态却让人遥想当年"谈笑间，樯橹灰飞烟灭"的气概。冲着这份不惧，足有惊心动魄的美。

一个男孩的弦上时光

第一次触摸古筝，因为好玩，他坐在我膝盖上，肉嘟嘟的小手拨响了几声清音。

第一年弹筝，人矮小，站着弹，父子俩结仇也开始。节奏不对，指法不对，手型不对……我用圆珠笔敲，用扳手打。我开始对他对自己都怀疑，老子教儿子到底行不行？

第二年开始，一弹筝他就喜欢打哈欠，找各种理由搪塞，和我玩拉锯。对面楼群里一个男孩儿玩溜溜球，他欣羡的目光总是情不自禁越过窗外。

第一次在亲戚面前表现，磕磕绊绊。人家等着鼓掌，可他就是没完没了，曲子绕了半天又回到了前面。

第一次参加乘凉晚会，他有点紧张，下台时衬衫已湿透。

第一次参加学校演出，总是忘谱，只好带谱上台。小小的头埋在那里，照片里只有谱架。

第一次参加比赛，一曲《山丹丹开花红艳艳》完毕，评委老师郑重其事跟他说，回去好好练练再来。

第二次又去比赛，总算有点起色。评委老师问他老师是谁，他说是老爸，然后指指站在墙角的我。

第一次遇见筝界泰斗王中山，他仿佛打了鸡血，从此对古筝爱不释手。

暑假，白天琴房不空，只有等到黄昏时所有孩子走光了，他才摸到古筝，一弹总是一个多小时。我见证了他的勤奋。

我还见证了他左右手超好的协调性，见证了他扎实的基本功和金属感的音色，见证了一个男孩的力度和阳刚。

　　终于过了10级，他有点骄傲也有点失落。

　　一个男孩的童年就这样随风而去，他长成了翩翩少年。

　　我从不指望用艺术来框住他的一生，只是希望艺术是他一生的朋友。

　　父子一场，师徒一场。

第五辑

清浅尘

扬州的怀

　　去扬州，天还早，半城青黛，半城晨光。候车厅里有许多拎着大包小包的大学生，好青涩的，17年前我大概也是这样。胖子那时一直说我，嘴上没毛，办事不牢。我总不服气，喜欢和他抬杠，还在他背上乱捶一通。他太胖，转身慢，哪里揪得到我。

　　今天去扬州，就是为了看看胖子。扬州是座好城市，历史的风骨里，几分柔美，几分闲适。更是诗句，玉人何处教吹箫，二十四桥仍在，波心荡，冷月无声，一直写到了内心深处。绿杨、淮左名都、竹西佳处，多么美的词语，都用给了扬州。我一直羡慕胖子，生在这么一个好地方。

　　那年，第一次到宿舍报到，胖子作为东道主带我们逛了汶河路夜市，和我们聊了扬州历史、典故、人文，一副挥斥方遒、激扬文字的神态。我们对扬州的最初了解是从胖子开始的。

　　胖子太胖，足足250斤，宽宽的脸膛上镶嵌着一副小眼睛，像绿豆，一笑，全陷在了里边。他睡下铺，身子骨一动，床板嘎吱嘎吱响。我们总窃窃地笑他，以后娶了老婆咋办？但也不能笑得太过分，怕他揍我们。

　　胖子做了我们班长，一直到毕业。在《致青春》《同桌的你》里，似乎可以寻找他的背影。班里同学谈了恋爱有时受到挫折，做些喝酒难过的事情出来，胖子先是安慰，后来看看不成器，就开骂了——看看你尿样，谈个恋爱就这样，还能干啥事？去去去，别丢人了。你做给谁看呢？经他一骂，兄弟们还真开窍了点。

夜晚宿舍里经常会搞些辩论，胖子参与不多。但当我们争执不下时，胖子会立刻翻出身子来对着不顺眼的一方吼："我听了半天了，本来就是你不对，还强词夺理。睡——睡——睡觉。"胖子出场，事情往往有了收场。不过有几次我是见他生气的。记得有一次是讨论艺术内容形式什么的，胖子听我们扯，他就烦，最后就判我不对。我还想跟他计较，他身子往床里边一转侧说："不管你对不对，反正我要睡觉了。要扯，明天再说。"好霸道的胖子。可到了第二天，大家都忘了。

艺术系男生少，胖子一站，立刻让人感觉威武厚重。外出时，我们喜欢跟在他后面做狐假虎威的样子，连女同学也喜欢拉他做保镖。

每到月底，我们几个月光族总是口袋空空，只好厚着脸皮去找胖子，死缠烂打找他借钱，好话说了很多。等我们还他钱时，他却又请了客。那时，胖子是宿舍里唯一一个有手机的，我们喜欢找他借着打电话。胖子放出风声，往家里打可以，谈恋爱打给女朋友的一概不借。但有时也有借了打给女朋友的，于是胖子就急了，"快快快"在旁边催。打电话的同学便偷偷捂着话筒跟胖子说："马上好了，就一分钟，电话费到时照算。"可是到了毕业也没算。胖子是大度的人，大家知道，他哪会计较这些。

胖子家住扬州郊区，临近唐诗里"两三星火是瓜洲"的那个地方。春夏时节，那里的稻穗成块成块的绿，池塘绕过村前屋后，明晃晃的。他家的房子也是维扬人家的调子，一栋小楼，青砖黛瓦。从学校到他家需要20分钟的路程。到了周末，宿舍里几个就死皮赖脸地跟胖子说："胖子啊，你看，这个周末怎么过？"胖子答："睡觉。"我们又说："那睡够了呢？""继续睡。""要不去你家，阿姨做的菜好吃呢。"胖子眯着眼睛笑了，我们也笑了。到了他家，兄弟们嘴巴很甜，叔叔长阿姨短，叫得可亲切，还故意忙里忙外帮着打下手。阿姨哪里舍得我们动手，马上吩咐胖子叫我们住手。

去扬州的路，当年也是这样的行程。沿途的风景，熟悉的地名，草秋草黄，年年岁岁，我们的青春已经远逝，只在记忆里寻寻觅觅一些旧影。

念书时，胖子说，等你们结婚时候，我送你们老婆一盒化妆品。

我结婚时，他来了，高高大大的身影一跨进，好威武。我们热烈地拥抱了一回。胖子没有食言，真的带来了一盒化妆品。

毕业以后，也有过几次见面。那次带着妻子去扬州，胖子做东约了一桌扬州同学一起吃了饭。后来又有几次去扬州，胖子说来接我，可是我担心他在人流湍急的路上开车不安全，也怕他太胖来回折腾太累，总说下次再说，婉拒了他。

去年在 QQ 里，我还责怪了他：都毕业 10 多年了，你这个班长怎么也不组织一次聚会，什么意思吗？胖子说，再等等吧。我也见过他 QQ 里的签名，说腿疼什么的，那就再等等吧，等你腿好了再说。

今天，我们去扬州聚会。胖子你知道吗，好多同学都说来的，去你老宅子，我熟悉着呢。扬州西站过去，一忽儿的行程。二十四桥仍在，而你呢？怎么一别就是生死？

我今天起得很早，为赶第一班长途，还吵醒了我身边的妻子和孩子。离开时，我第一次思考了生死的执念和感怀离别的痛楚。你的丫头也该上六年级了吧。

车站上，半城青黛，半城晨光，冷月无声。

2014年8月30日

墨上喧嚣

1

明朝末年，名画《富春山居图》传到收藏家吴洪裕手中时，他痴了。这辈子他过目的藏品太多，眼睛显然带了"毒"。面对这幅长卷，他摸着胡须啧啧赞叹之余，不时拿出纸笔临摹，甚至不思茶饭。更悲哀的是，在他临死前竟将此画焚烧殉葬。其侄子看到后，拼命从火中抢出，才救得一大一小两段，前段较小称"剩山图"，后段较长称"无用师卷"。这样一个传说，赋予了《富春山居图》的神秘。一幅山水让一个人如此神魂颠倒，究竟隐含了怎样的魅力？

600多年前，元代的富春江，江流舒缓，江风清新。70多岁的黄公望，选择了在江边隐居。他日间行于山林，夜间对空望月，最终成就了中国历史上著名的长卷《富春山居图》。

南朝梁时，吴均《与朱元思书》："自富阳至桐庐，一百许里，奇山异水，天下独绝。"写的就是那一段风光。出生在富春江边上的郁达夫13岁时写道："家在严陵上住，秦时风物晋山川。碧桃三月花如锦，来往春江有钓船。"说的也是那里。而将浩荡的富春江完美呈现于宣纸上的则是黄公望。

黄公望（1269—1354年），中国元代书画家、书法家，与吴镇、倪瓒、王蒙合称"元四家"，黄公望居首。他幼时丧父，后由浙江富阳永嘉的黄氏领养，曾在常熟、富阳两地生活。青年时代的黄公望也想在政治上一展身手。曾任小吏，后因上司贪污一案受到牵连，被诬入狱。出狱后，他已40多岁，从此不再问政。

富阳我去过，但我最先到达的是常熟。

因为黄公望和满纸富春烟雨在我心头占据，常熟这座城市在我心里有了凌空而起的味道。那里的山水，让我觉得有了生命与时间的诗意。在经济迅速发展的轨迹上，人文荟萃会让一个城市有光泽，别具绚烂。

600年前的虞山无须门票，有山岚雾霭，有飞禽走兽，有花鸟虫鱼，有古木掩映……黄公望50岁的时候，经同时代大画家王蒙介绍，他得到了当时画坛名家赵孟頫亲自指导，画技有了长足进步。

迷着自然山水的黄公望，让我联想到了法国19世纪的巴比松画派。一批不满七月王朝统治的画家，在枫丹白露森林里定居作画。他们呼吸着大自然的新鲜空气和泥土的芬芳，用画笔描绘自然景色和风土人情。那里诞生了米勒、卢梭、柯罗、特罗扬等一大批画家。可惜黄公望却孤单一人闻着草木清香，听着山鸣谷应。或许，他正享受着孤独，那是一个人的超然诗意。

2

《富春山居图》在历史的烟尘里周转了一段时间，到了乾隆年间，被征入宫流到了乾隆爷手里。好的山水总有蛊惑的魅力，在表面的静态之外，有内在的动势和主体生命，这需要匹配的人来见识。乾隆一见如故，爱不释手，可还是走了眼。隔年后又一幅《富春山居图》入宫，让人直接傻眼。可惜前者系伪造，后者才是黄公望的真迹。但乾隆帝认定前者为真，并在假画上加盖玉玺，还和大臣们在留白处赋诗题词风雅，乐此不疲。直到近代学者翻案，确定乾隆皇帝将真迹当赝品，真相才大白。照理说，临摹已达到以假乱真的水准，为何还要通过这样的途径来复制？显然是《富春山居图》声名太噪了啊！

我到虞山脚下的时候，已是中午，山腰间茶园一片碧绿。

黄公望墓坊在树影间悄然孤立，坊额镌"元高士黄大痴先生墓道"，岁月的风霜和历史的尘埃落满字里行间。

墓道一侧有黄公望纪念馆，薄雾浩渺之中，白墙灰瓦，清风匝地，暗红色的木门紧闭，旁开轩窗，绿色植物透逶而上，深邃幽静。仰望之间，思绪和那黛瓦上阳光交错重叠，我在寻思，那里可曾有 600 年前的虫鸣鸟啼流水溪音？

墓道直上山麓铺展，尽头显一冢，灰砖堆砌，呈蒙古包之状，填盖的封土略隆起，周围绿荫覆绿荫。墓后有两碑，一块是清嘉庆二十二年其 16 世裔孙黄泰所立，刻"元高士黄公一峰之墓"几字。另一碑为"元高士黄大痴先生墓"。

出狱后的黄公望浪迹山水，曾以占卜为生。后来参加了主张儒、释、道三教合一的全真教，从此云游四方。他创作《富春山居图》的时候，已 70 多岁。他用了 4 年时间完成了这幅山水画。这 4 年，外面该有多少事发生？该有多少诱惑？该有多少动荡？人生无常而世事千秋，黄公望对于儒、释、道，自然有独到的领悟。他知庄子"死生为昼夜"，明白"云散水流去，寂然天地空"的真谛。他心无旁骛地观察、构图、起笔、泼墨……那是多么无用而无尽的时光啊！

虞山的午后，山腰间笼上了一些薄薄的雾，有置身蓬莱的意境。我仿佛看到了一个古稀老人，仙风道骨的样子，痴于山间云霞的朝暮变幻、匠心独运。

如今《富春山居图》前段《剩山图》藏于浙江省博物馆，后段《无用师卷》藏于台北故宫博物院。2011 年，中国十大传世名画之一《富春山居图》两段画作合璧大展，轰动了海峡两岸。

3

　　白岩松先生说："在当时人们的眼里，黄公望或许在做一件无用的事。"在中国封建社会的传统观念里，学而优则仕。将相王侯朝歌暮弦，俗世红尘里的男男女女行走于熙熙攘攘的名利之间，隐于山野的黄公望又有谁知道他呢？

　　黄公望从狱中出来，内心的沮丧、无望、徘徊，匍匐于人生道路中的低矮姿态，我们只能遐想一些边角。在我的思绪里，他的痴、癫狂、静坐、游历有时却如影相随。画画的禀赋给了他喧嚣的内心另外一种昂扬的气势。胸中的块垒、激荡，全都凝聚成了笔墨，最后静若止水，羽化为一种无形的神韵。这种沉淀的气息，守得住寂寞的姿态，需要削弱的何止是一点点的七情六欲的缠绕？黄公望把佛说的"苦"交付给了水墨，把"静"交给了自己的内心，一个"痴"字浓缩了他的人生，写就了他的际遇，成就了他一生的盛宴。

　　黄公望当年在常熟、富阳漂泊不定，而今两地人都在因为他而骄傲自豪。白岩松先生在《做无用之事，享幸福生活》中说："黄公望用三四年时间画《富春山居图》的时候，我想小城里的人们也在为名忙为利忙……然而几百年过去，那些一代又一代人做的有用的事，都烟消云散；却是当年那无用的老人……留下的画作显赫起来，终成这座城市的象征和最伟大的记忆，并越来越为这座小城带来资金、带来财富、带来关注……"

　　黄公望带着画具行走在荒寒山野，与雁阵遥遥相望，与溪水低低私语，见到胜景，随即勾勒摹写。天地安静，他笔下的行云流水，成全了生命世界里的律动，成了动与静的哲学。他以山水为师，为寻求光照的变幻，有时席地而坐就是一天。饿了，拿出身上干粮咀嚼，渴了，捧起一汪清泉来饮。他听到了风鸣马啸、风流云散、风轻云淡……

那是荀子所说的"虚一而静"，远山隐约，连绵起伏。茫茫江水，天水一色，高峰突起，远岫渺茫……

　　这"虚一而静"是富春江的回声，是中国文人生命韧性的智慧写照，终究拓到了纸上，成了精神生命，成为有灵魂的喧嚣。

去远方寻找蟋蟀

　　火车在京沪线上往北京方向疾驰，坐在对面的一对孪生兄弟成了我眼中的一段风景。他们生活在上海，均已退休。兄弟俩都穿白衬衫，长得几乎一模一样。从上海站一出发，他们俩就开始喋喋不休。据说，他们要去德州寻找蟋蟀。跑这么远找蟋蟀而且还是兄弟俩一块儿去找，让我觉得有点匪夷所思。他们说，德州的蟋蟀大，好斗，他们此次专程去找蟋蟀。

　　对蟋蟀的概念我脑子里一片空白，只知道它亦称"促织""趋织""吟蛩""蛐蛐儿"。很多文人墨客会在一些诗文里写它，《夜书所见》就有"萧萧梧叶送寒声，江上秋风动客情。知有儿童挑促织，夜深篱落一灯明"的描写。蟋蟀成为诗文中的点缀我见得多了，但真正去找蟋蟀的人，还是第一次碰到。文人写归写，真正关心过蟋蟀的有没有，不得而知。若和这两个小老头儿讨论蟋蟀的话题估计尚嫌浅白。据说德州宁津县那里，蟋蟀英勇善战，美誉九州。每年都有成百上千的外地客商云集至此。那里流传着"二月富万户，一厘值千金""小蟋蟀比头牛"的佳话。每年立秋之后，夜以继日，鸣声不断。凭着小小蟋蟀，当地人富得冒了油。

　　近傍晚，对面的兄弟二人拿出酒来，边聊边喝酒，还弄了鸡腿下酒。他们特好客，让我也吃。因为不是太熟悉，我婉拒了他们好意。时间已是8月中旬，车厢里站满了旅客。其中的一个小老头儿说话了："你瞧车厢里的这些年轻人，他们都是回去收割庄稼的。"我问:"你怎么知道?"小老头儿笑了:"经常往外走,见多了,时令也熟悉了。"

"读万卷书行万里路",我脑海里蹦出这一句话。其实我更感动于他们兄弟俩做伴同行。

这使我想起了认识的一对双胞胎兄弟,他们都爱诗歌。大哥先后出版过两本诗集,兄弟不甘示弱,也弄了一本。他们都在工地上打工,人都很豪爽。和他们喝酒,那种服毒自杀般的狂饮,常让周围人折服。可喝着喝着,话题不自然地就扯到了诗歌上去。这时兄弟俩可来劲了。先是你一言我一语。到后来,弟兄二人有了分歧,便吵了起来,有时还争得面红耳赤。什么朦胧派、新月派,什么后现代、新生代,旁人根本插不上嘴。他们各自的女儿,落座旁边,静看父辈吵架,有时还偷偷地笑。他们的夫人则整理碗筷,嗔怪一声:"看样子又喝多了。"每次,我总劝他们:"好了好了,别吵了。"到了饭局结束,诗歌的争论也就告了一个段落,二人又笑谈言欢如初。有时看着他们争吵,我情不自禁地羡慕,有个爱诗的兄弟多好。

试想一下,如果在你年老的时候,和你的兄弟一起坐着火车去远方,去田野、林间、沟壑、村头宅院,甚至农家屋内捉蟋蟀,或在冬日晒着暖阳说诗歌,那是多么温情脉脉又让人向往的事啊!

去远方捉蟋蟀的兄弟俩在德州站下了车,不断向我挥手。画面唯美,一直定格在我记忆。

定做竹席

不知谁在我的车库南墙上挂了一块"定做竹席"的广告牌，这让我挺纳闷，也有点不舒服。没经过我的同意，竟然将广告牌挂在了这里！

广告牌有一把扇子大小，上面留了手机号码和地址。暗红油漆字迹，歪歪扭扭，还留了几个飞白。

由于车库紧靠路边，所以经常有小广告光顾。但是这样大张旗鼓挂一块广告牌，我觉得胆子真够大的。

一天，我循着竹篾在刮刀上拉过的丝丝声响，去了那个外地人居住的车库，和他照了个正面。我明知故问："那块广告牌是你挂的？""嗯。"他点了一下头，算是和我打了招呼，然后继续忙他手上的活。

他租的车库不大，里头放一副液化灶、一张床，其余都是竹篾和做竹席的家什，空气中萦绕着竹子的清香。挂在卷帘门上的衣服，被风一吹，猎猎晃动。

每天清晨，男人挪一张长条凳子去小区路口的香樟树下劈篾，旁边树底下放一架旧式收音机，咿咿呀呀唱戏曲。一根偌长的竹子，他掏出不同样式的篾刀，从青篾到黄篾，一片竹"批"出数层篾片。篾片像纸片一样轻薄，袅袅娜娜地挂在树枝上晾着，微风轻拂，宛如一挂飞瀑……竹篾在刮刀上划过的嘶嘶声响和人们的吆喝、电瓶车溜过的吱吱声组成了晨光里的交响乐。他的妻子在车库里洗洗涮涮，有时盘腿坐在地上打竹席。光洁如绸的篾条，一根一根从手中流出。旁边台式风扇呼呼转着，天一热，感觉越转越热了。他们的生存状态，让我生出同情。这个夏天，他们怎样熬过去啊？算了，广告牌挂就挂吧，我决定不和他计较了。

又一个黄昏，我散步到了他们那里。对着屋里的器具，我东问西问。有些工具，我确实不识。他一边拉着竹篾，一边摇头叹息："嘿，你们这些读书人啊……"对于我的无知，他的口气里甚是不屑，还说了一句"如今在空调间里的读书人，和古人行万里路是不同的"。砍、锯、切、剖、拉、撬、编、织、削、磨……我听得云里雾里。

我问了竹席的价格，他说800元，吓了我一跳。我想，一条竹席最多一两百，怎么这么贵？他随即说，这有啥，以后还要涨。这些纯手工做的产品越来越少，以后就是非物质文化遗产。他还告诉我，像罗莱等一些大型家纺企业正和他合作，他准备在花式品种上再向时尚靠拢一点。他这样一说，使我想起了在报纸、杂志上看到的一些竹器博览会新闻来。从国家到地方，很多艺术馆和博物馆还专门辟出空间进行竹器展览……他说，随着人们环保意识的增强，篾制品市场潜力很大。这两天基本不接活了，来不及做。他侃侃而谈，看不出吹牛的样子。我看了看他凌乱的车库，还有简单的家具，心想，既然这么有钱干吗租着这么简单的车库？他大概看出了我的心思，豪爽地说，就一个夏天，熬一熬就过去了。

而这个夏天，心中装有怜悯的我，在空调间里却感冒了两次。看着他古铜色的肌肤，我心里生出别样滋味。

过了一两天，他潇洒地把"定做竹席"的牌子摘了下来。

自从那次谈话之后，我和他每每照面点头一笑的同时，心里不自觉地说，你这家伙，还挺牛的。

青　蓝

　　初入教学岗位，学校给我配了个师傅，冠名"青蓝工程"。据说评职称必需的。如果师徒搭档得好，年底还会评优。

　　我的师傅是接近退休的曹老师。他个子不高，脸膛宽阔，四六开头发终年打理得光滑油亮。有些教师和他开玩笑说苍蝇在上面也会打滑。曹老师骑一辆重庆产的摩托，后面排气管冒着白烟，"突突突"的响声一传进校园，我们知道他来上班了。

　　曹老师在学校辈分较大。他批评学生时也会这样吹嘘："你算老几，你老爸我都教过，那时他还流鼻涕呢……"估计在小镇上，有些人家全家他都教过。学校里校长、中层几乎全是他的学生，所以，学校里有些事情他往往参与拍板。他也确实属于能人级人物，一手好字声名在外。小镇理发店、自行车修理、摇面店等的大红油漆字都是他刷的。他自己也骄傲地说，一年到头写字上的收入，酒钱绰绰有余，让初来乍到的我听了瞠目结舌，崇拜之情溢于言表。

　　曹老师的办公室在教导处。有次我去交备课笔记，他把我喊住了："嗯，你写的字有个性。"我一蒙，以为要被批评了。我写的字，喜欢将一些"口"字旁"口"字底写成一个圆圈，类似于商场海报上的手写体，我自称"娃娃体"。这样写，比较随性，速度也快。"是脱于隶书吧？""嗯，我练过。"曹老师到底是行家里手，火眼金睛，还鼓励了我一番。我说写得太有个性，上面检查起来会不会有啥说法？曹老师哈哈一笑："上面才不管呢。再说是副课备课，你写些阿猫阿狗名字上去，也没人晓得。"和他同办公室的女教师笑着白了他一眼："喜欢瞎说。"走出办公室，我心里嘀咕，真写阿猫阿狗名字上去，给我10个胆也不敢。曹老师随性、口无遮拦，倒是个性很鲜明。

曹老师教一个年级音乐。每次上课之前，班里会有三四个学生去器材室搬风琴。一些顽皮的学生喜欢在风琴上乱摁乱拍一通，"嗡嗡嗡"的响声一旦被曹老师听见，他就会开骂甚至要拎耳朵："你要热昏了是哇？"他把风琴俨然看成了自家性命。破旧的风琴，风风雨雨弹了几十年，曹老师对它有感情。旧风琴摆在教室里和时代格格不入，但曹老师一坐到那里，让人觉得倍加威武。他手脚并用，弹到激动处，头发一甩，充满活力。"小背篓，晃悠悠……"有些学生唱唱没了心思，屁股也要晃到地上去了。这时，曹老师立马停下："后面那个，你要热昏了是哇？"然后继续弹唱，仿佛没事似的。他嗓门洪亮，声音传出好远。

他教的歌无非是《勇敢的鄂伦春》《小背篓》等几首。有时听到"高高的兴安岭，一片大森林……"，同事们批着作业就相视一笑："又是一个9月份了。"因为9月份他会教那首。八九个班级轮回一圈，全校师生几乎都会唱。有时感慨，岁月的更迭，四季的轮回，是曹老师用歌声向我们传递的，就像校园里百合、梅花一样花开花谢。有的老师和他吹："曹老师啊，你厉害，凭一首《勇敢的鄂伦春》拿了一个月工资啊！"曹老师呵呵一笑不说话。

曹老师喜欢喝酒。因为师徒关系，他经常约我和他们几个一起喝。时间往往要从上午放学，一直喝到下午上第一课。那时还没有禁酒令。我不大会喝，他也不勉强。开喝前，每人桌前放两包袋装绍兴黄酒，他和年轻人打打闹闹一点也没有辈分之说。看哪个喝酒不卖力，他就两手叉着努着嘴嚷嚷："看你表现。"声如洪钟。几个小年轻跟他讨价还价："喝可以，备课笔记查哇？""不查，坚决不查。"然后，大家"哄"地乐开了。可是他每次说话都不算数，酒后还是查的，一码归一码。

　　一次学习会上，校长发言完毕，问教导处有没有什么补充的，曹老师就发言了："我瞎阐一下哦，关于喝酒，要有规矩。有些同志明摆着下午有课，中午还喝得红光满面稀里糊涂，这个要出事体的哦……"发言算是告诫，也算自省。完毕，大家掌声雷动，交头接耳议论开了，还有的笑出了声。有的女教师说，这个老头馋酒，作报告也离不开酒。曹老师也笑了，他自己可是逢酒必喝的。

　　过了一两年，曹老师退休了。自从有了电脑刻字以后，他也不再帮人家写字。他组织了一个退休教师乐队，每逢镇上乘凉晚会他们都会秀几个节目。有几次我遇到他，他正背着电子琴去村服务中心排练。我依然叫他"师傅"，他的摩托已换成了电瓶车，据说酒还是天天喝的。

汪 嫂

溪水绕过汪嫂的门前，她在自家小院的门口埋头镂刻酒杯、笔筒等竹制器皿。她的目光捕捉到了拎着大包小包的我们，便扯着洪亮的嗓门招呼我们入住。

正当我们抬步上了木质楼梯时，门口有顾客要买竹器。她的心思足够乱的，既想招呼我们住宿，又想回头卖竹器。最后她抓大放小，招待了我们，对于楼下的小生意，显示出不屑，精明和干练体现在上楼的匆匆步履中。

远处青山白云，檐下灯笼小溪，灰白的马头墙下轩窗明净。汪嫂忙着为我们张罗。本来说好上去瞧瞧再做住宿打算，可是看到洁净的房间和热情的汪嫂，我们毫不犹豫住了下来。

汪嫂建议我们上午去村子转转，下午钓鱼。她的男人喜欢钓鱼，一天到晚蹲在湖边垂钓。我们问她租用钓竿多少钱，汪嫂赌了气："什么钱不钱的，再说吧。"汪嫂目送我们走出，挥着手喊："中午可以回来吃的哦，我这里有特色的农家菜。"我们口头答应，可一走进如画的村子，忘乎所以，终究在外面吃好了才回。回来时在门口遇见汪嫂，因为没做她的生意，感觉有点不好意思，我们匆匆上了楼。汪嫂在楼下扯着大嗓门："睡好午觉出来钓鱼噢！"我们"嗯嗯"答应。

汪嫂男人帮我们整理了钓竿，人木讷，从头到尾没有一句多余的。汪嫂却很热情，她说这里的鱼地道，有鲜味，说得我们蠢蠢欲动。但宏村没有一条鱼愿意上我的钩子。看到我们沮丧地拿着鱼竿回来，汪嫂给我们打气："别泄气，晚上再钓，叫我男人带你们去。"

我们决定尝尝汪嫂的手艺。傍晚，她在厨房里切、洗、炒，忙得热火朝天。怕我们无聊，她建议我们在客厅上网。聊天中得知她有一个女儿在市区复读高三，生活开销挺大。宏村开发以后，她家经济来源主要依靠住宿和买卖竹器。节假日生意好一点，平日较清闲。她三天两头去后山砍竹子用来做竹器。知道我们明天就走，她没有挽留。在这里，五湖四海的人来来去去很多，她早已习惯。她说，明天一大早要去砍竹子，你们走了就走了，门不要关。

黄昏，窗外有斜斜的雨。我在阳台踱步，不知不觉走到了他们居住的里屋。白炽灯光微弱暗淡。夏天炎热，席子铺在地上，一架台式风扇在旁边吹转，席子上堆满了没来得及叠整的衣服。汪嫂一家以淳朴的情感为我们这些旅行者准备了最好的房间，自己却住得那么简陋，还舍不得开空调。夜深了，她还没进屋睡觉。

第二天我们起了个大早。汪嫂不在，应该是出去砍竹子了。我们离开的时候，听了她的话，没有关上门。

神侃叶老先生

我见到叶德昌老先生的时候，他正向南坐在堂屋的椅子里，手里掂玩着拐杖。打开了话匣子，好像收不拢的意思。他小儿子叶顾云笑着说，老头子喜欢侃。跟他说过多少次了，谁有工夫听你闲扯，可老头子乐意。侃的时候偶尔有点气急，激动处，不忘用拳头在胸口敲击。

老先生祖籍如东栟茶，在启东生活了大半辈子，口音里还带了外地腔。他幼时家贫，常常吃不饱饭，若能吃到一碗麦粥，那是万幸的事了，老先生边说边用两手围了个圈，当作碗，模仿喝粥的样子，还发出"呼呼呼"的响声。

为了填饱肚子，14 岁那年，叶德昌跟随师父来到启东，辗转几个窑厂做瓦烧窑。不消几年便做得一手好手艺，烧窑叶师傅的名气在当地响当当。也因为烧得一手好砖，被老丈人相中，最后落脚启东成了家。他说的时候时不时笑笑，看得出他年轻时的意气风发。

老先生喜欢天天上镇，即使不买什么也要去镇上溜达一圈。从家里到镇上约 4 公里路，每次都是徒步。他说镇上 10 家有 8 家他认识，他在这里听听长脚白话，那里串串山海经，感觉日子其乐无穷。一些卖菜的体谅他年纪大，见他在口袋里摸了半天也摸不出钱，就不跟他计较了，很多时候还将菜送给他。太阳升得老高的时候老先生才优哉游哉晃回来，弄得儿子很着急，怕他有什么闪失，便怪他："你是镇长还是什么？用得着天天去镇上吗？"直到两年前跌了一跤，老先生才不去镇上，但每天还是喜欢走走，从他的宅子到前面的大路，早晨和晚上都要走上几回。

　　老先生聊起年轻时一次遭遇土匪还心惊胆战。他捋了一下头发，样子有点像说书先生的味道，感觉他天生就是讲故事的高手。那时还在旧社会，20多岁的他刚从如东赶到启东，晚上留宿在砖厂老板家。老板和老板娘外出不在家，屋里只留下他和两个伙计还有老板的女儿。不想，夜深时遇了土匪。老先生讲得很激动，拄着拐杖站了起来。他说两个伙计被土匪绑在了桌子上，桌子倒扣在伙计身上，还用脚踹。"那个惨啊，还不允许叫。"土匪又开始打骂老板的女儿，"那巴掌声啪啪啪好响。"威逼之下，土匪从老板家的灶口地下挖出一坛银圆。土匪哈哈哈笑着，踹着叶先生滚到了灶膛口，喝道："今晚你跑不？""不跑不跑……"叶先生捧着头浑身发抖。因为乖乖听话，叶先生才逃过一劫。老先生回忆起来思维相当敏捷，他背对着我一声哀叹："嘿，旧社会惨啊，土匪恶霸很多的，哪有现在这么太平。"

　　我边听边记录，为他的故事一惊一乍："这是真的？"老先生转过头来，斜斜地看着我："啥，你以为我讲了半天在吹牛皮？告诉你哦，一点也不是吹的。旧社会故事多着哩。"

　　年轻时叶先生还当过村里民兵，扛过枪呢。有一次听说日本人来，他们民兵迅速将盒子枪、步枪埋在了现在村办公室西边的地底下。那里有好几口棺材，枪就放在两口棺材之间的夹缝里。为了躲避追捕，他赶紧回来带着老婆儿子躲到海边。因为走得急，子女多，逃跑的老百姓又多，竟然将一个女儿丢在了家里。老婆以为在他那里，他以为在老婆那里，最后那个急，真是急煞人的，哭喊不行，回过去又不行。幸好日本兵没到家里来，女儿才平安无事。叶先生曾经还被日本兵抓去过，是本地一家豆腐店老板做出解释，证明他只是一个手艺人才被保了出来。老先生至今记得那个恩人名字叫张为连。

说起长寿的秘诀，老先生扳着手指："公公活到 108 岁，奶奶 107 岁，娘 102 岁，爹 103 岁。"真正的遗传基因啊，我不禁感叹。

老先生早年坎坷。年少时为了活命吃饱饭，天晴时拼命做瓦烧窑砖，雨天帮人家打杂、扫地、倒马桶，什么都干。现在日子越过越好了，第三代个个有出息。他的大孙子还在美国读了博士，专门从事医学研究。

妻子已经离世 20 多年，他现在主要依靠儿子叶顾云和一个女儿照料。同去的摄影记者将拍到的其他几个老太太照片一张张翻给他看，指着其中一张开玩笑："据说这个是你的女朋友哦！"叶老先生呵呵呵地笑着，脸上现出有点不好意思："不要瞎三话四。"

叶老先生胃口很好，喜欢大口喝酒，大块吃肉，和人聊天时笑声不断。

掀开他家桌上的扣篮，有鸡肉也有红烧肉……

2014年6月

（叶德昌，生于 1914 年 9 月 13 日，启东市近海镇利民村 8 组）

大野之上

入　夏

春天走得飞快，如林间嚯嚯消逝的哨声，瘦成一朵青黛的云。夏天忽地丰满，赤橙黄绿。

江　南

清风微醉的黄昏，有篝火、草坪、露台、小木屋。但当不远处的黛瓦、河塘、云杉、炊烟，和我目光交织的一刹那，仿佛映照了我内心的幽微，觉得那才是吴越的线索和风骨。

秋　砧

那是秋天捣衣的声音。

我在山里听到一下又一下的棒槌声，听到溪水清越地流到脚跟，我想家了。

斜月，北风，石砧接受有节奏的敲打、捶击、去浑、搓洗。声声慢的律动里，粗布衣裳的厚、硬、重以及转战的风尘随之化为熨帖平整。

"江城下枫叶，淮上闻秋砧。"那是古代女子为远方的夫君清洗冬衣呢。声急入耳的声响里系念游子征人的冷暖，轻盈的韵脚里，拂不去银白的月光。

　　我渐渐褪色的记忆里也引出那条明亮的河流，清浅水色、如绢波光，岸边槐树摇曳，如古琴上的勾剔打抹，萦回婉转。

借一缕阳光

我租住的地方背阴，南边缺窗户，终年暗乎乎的，晒被子成了难事。每次晒被子总要驱车几里去一个小区公园。那里的晾衣竿都是公园附近小区车库住户所有，我不好随意占用。我学着其他人一样，将被子晒在了公园边角矮矮的冬青上。每当我停下汽车拿出被子，心里总有纠结，怕熟人问我长短，于是动作格外迅疾，像做了坏事一般。当地居民有时七嘴八舌问我住哪里、做什么的，我草草应付，说前面的楼群挡住了我的阳光。他们不是不给我晒，只是我开着车子来晒被子，他们觉得好奇。

居住在那里的老人居多。冬天时候，他们会出来靠近墙角晒太阳或下棋。也有一些打工者，踩着三轮电瓶车进进出出，车上写着"凉皮或大饼"的玻璃橱柜在阳光下泛着光亮。我一个远道而来的人，只是借他们身边的一缕阳光。

我哼唱着帕瓦罗蒂的《我的太阳》。我司空见惯的阳光，我歌颂的诗意和矫情的阳光，只有在那时，我才深切体悟，它是多么富有人情味和烟火气息。我所栖息和兜转的城市，竟在这一角，给了我被子以清香和安暖。

窑　砖

　　雪意欲来，天地显得无比旷远。许是冬的肃杀，北风刀割的印痕随处可见，随遇的便是满眼的枯黄。

　　一座砖窑，土黄、灰红，入了云霄的烟筒在天地间增加了冬日的萧瑟和淡远。

　　让人怀想陕北的窑洞，里边住人，还可储藏玉米、谷子、小麦等作物。

　　眼前的窑洞是烧砖的土窑。环顾四壁，恍如在敦煌欣赏飞天的壁画。拱形的天顶上均是砖块，斑斑驳驳，镶嵌了数不清的炉口。烧砖时，砖坯放满窑洞，楼上炉口塞上柴火，熊熊火焰燃了偌大的窑洞。经过烈火焚烧，砖块由泥土的颜色转为红色或青色，用手指敲打，清脆而响亮。

　　艺术史关于中国五大名窑的描述，钧、汝、官、定、哥在北宋时名冠天下。钧瓷素有"黄金有价钧无价"和"家有万贯，不如钧瓷一件"的美誉。官办的官窑瓷器是北宋末年宋徽宗时代的宫廷御瓷。相传官窑造出以后，宫里的太监便来检查，若发现瑕疵便摔碎，剩下的精品才可呈到皇宫，供皇室使用……一方土质造就一方材质，宜兴制陶，景德镇产瓷……而我眼前的土窑烧出的只能是土砖，和那些名窑相比不值一提，把玩它的不是王公贵族，也不是收藏家。

　　至二楼，地上密密麻麻布满炉口，炉口覆着铁盖。烧砖时候，打开盖子，柴火就从这炉口塞下在底楼燃烧。打开炉口，可以看见喷出的熊熊火焰。那炉口滚烫，工人们经常在上面蒸煮米饭红薯等食物。

那时粮食收种以后，家里要将麦秆等柴草卖给窑上兑换砖头。为了去窑厂早早排队，五更里，母亲喊了我。天拂晓，东边深邃的蓝、红、紫交相辉映。母亲将大粗麻绳往肩上一拉，木板拖车吱嘎吱嘎往前奔去。我躺在后面的柴堆上，一开始睡眼蒙眬，苏醒了便兴奋异常，喊着"驾、驾"。到了那里，母亲排队称重量开收据要耽搁好一会儿，我便奔上楼去玩，揭开那炉盖看熊熊火焰……母亲卖完柴后，满世界地找我。不知为何，童年的欢愉时隔经年再回首却有了隐隐的忧伤，是不懂事的顽劣还是那远去的时光呢？

我们活着，总想做一块玉，但一块砖的成长也那么不易。取土、去渣、制坯、燃烧、成型，需要花费那么多的劳力和心血，好比父母的抚养。记忆中的窑工总是皮肤黝黑袒胸露怀在工地上干得热火朝天。他们拉着一车又一车的砖块，在上下坡口，在转弯处，"哟嗬哟嗬"的号子声响遍旷野。他们午饭简单寒碜，只是从家里带了米，用饭盒子放在炉口草草炖煮，配着咸菜将就。

一些学者、艺术家拿出一部力作的时候，总会谦虚地说"抛砖引玉"，其实一部"砖"里就有血和汗的浓缩。

我拜访的那座窑，因为泥土的金贵、市场的竞争，终将退出历史舞台。然而，承载我记忆的窑却无法随风消逝。

砖取自黄土，造化百姓，仰观高天流云，无愧于大地，就算粉身碎骨也要铺就成路。就像那些在砖上没有名字的窑工一样，他们在用脊梁及血汗支撑着广厦千万间。

嘟　嘟

1

　　黄阿婆起了个早，心思里要去完成一件大事似的。她纠结了好长一段时间，昨夜里还想了一宿，现在终于下了决心。她迈出家门的时候，大黄狗嘟嘟跟了出来。黄阿婆跺着脚呵斥了几句，嘟嘟瞪着眼睛不理解地看她，摇着尾巴走远了几步，过了一会儿还是跟了上来。黄阿婆"唉"了一声，用那枯枝一般的粗糙手掌抚了嘟嘟的头，随后"去去去"赶走了它。嘟嘟跳跃着离开了，很不情愿的样子，不时回头张望。

　　嘟嘟来到黄阿婆家里的时候，也是一个清晨。天还没放亮，稀疏的晨星犹如银饰一般，透着华贵、玄秘的亮。黄阿婆记忆犹新，早上她刚打开门，就发现了门口躺着一只褐色编织袋，袋子里发出"咕咕咕"的叫声。黄阿婆一惊，随后恍然大悟，明白了这是一只被遗弃的狗，从此嘟嘟成了家里的一员。黄阿婆的老伴走了好多年，嘟嘟的到来为黄阿婆的生活添了无穷乐趣。闲的时候，黄阿婆会和嘟嘟说话，唠叨家长里短。嘟嘟很听话。它喜欢跃起来，两腿站立，像个小孩一样，伸出前爪和黄阿婆握手、拥抱、抢她手里的东西吃。黄阿婆走亲访友都会带着嘟嘟。完了，还不忘带回一些剩菜剩饭肉骨头给它。每逢这样的日子，嘟嘟表现出很高兴的样子，尾巴甩得像拨浪鼓，一直用头拱黄阿婆的脚。他们在乡间的大路上走着，黄阿婆和嘟嘟一路唠叨、嗔怪，夕阳和晚霞映照着他们回家的路，挺诗意的。但是黄阿婆今天的表现，嘟嘟肯定想不通。

2

小镇上很喧闹，茶干、豆腐、鸡鸭鱼肉，五花八门。摊主们见到黄阿婆，表现出异常热情。要过年了，年味也特浓，年历、挂历、大红福字摆了一地。旁边还有小喇叭唱着："恭喜恭喜恭喜你，恭喜新年发大财……"可是黄阿婆什么都不想买，她也没心思买。以前上镇，她都会跟嘟嘟一起来。今天嘟嘟没来，她有点失魂落魄的感觉。黄阿婆走走停停，很有心事的样子。有熟人和她寒暄，她只是草草应付了一下。

黄阿婆走进一家药店，在柜台边用眼睛扫了一下。人家问她哪里不舒服，黄阿婆摇摇头说没有什么不舒服。黄阿婆随后问人家有没有老鼠药。人家笑着说，老奶奶不要开玩笑噢，我们这里只卖人吃的药，不卖老鼠药的。你去市场口小店那里看看或许有。其实市场门口一家小超市的小黑板上明明白白写着出售老鼠药，可是黄阿婆不识字，就算遇着也没办法。经人指点，她缓缓地向那个小超市走去。

黄阿婆买老鼠药根本不是为了药死老鼠，她要给嘟嘟吃。为了这个，她纠结了一宿，还默默流了好多泪。本来老眼昏花的她，眼睛愈加模糊了。她的心里真舍不得嘟嘟。嘟嘟活蹦乱跳的影子，在她眼里反反复复。这个念头一上来，她知道良心上过意不去。但是不这样做，她的良心上似乎又经受着另一种煎熬。

3

就在前天黄昏，黄阿婆在西边菜园拔菜时，突然发觉嘟嘟有点不对劲。嘟嘟不知吃了什么东西还是受了什么刺激，开始呜呜地嚎了起来。那种嚎不同于平时的叫，而是类似于人类的哭，仿佛生死离别，又如身陷绝境的痛。那种哀伤，黄阿婆听了心酸。她上去撸撸嘟嘟的头，轻轻唤着它的名字。嘟嘟流下了眼泪。这时邻居百强骑着电瓶车经过，也听到了嘟嘟的哭声。百强停下了车，一脸紧张地跟黄阿婆说，不好啊，黄阿婆，狗哭是不祥的预兆啊，也许要出大事了。活了70多岁的黄阿婆自然也听过这样的说法。她吓得脸色惨白，环顾了四周，看看还有没有其他人发现这个秘密。紧接着她用小竹竿把嘟嘟赶回了家，然后叫百强也进来坐坐。在堂屋里，黄阿婆小声跟百强说了一些话，百强边听边点头说，放心，你一百个放心，我晓得。百强这个人平时比较老实，也没有什么正儿八经的工作，只是靠打些零工活命。比如村里要治理河沟，他会去捞水花生；人家小孩受了惊吓中了邪，他会帮人家策划一个土方子，然后喊几声"天灵灵地灵灵"，把野鬼送走。

4

　　黄阿婆摸到了那个小超市。她知道有种叫毒鼠强的老鼠药很厉害，但她不要那个。她听人说过，吃了毒鼠强的老鼠埋在了地里连农作物都很难生长，她怕嘟嘟吃了难受。她思忖又迟疑了一阵，小声问人家，老鼠药有吗？她还补充了几句，有没有那种吃了不要太痛苦，一下子就了结性命的药。店主被她问得很是纳闷，斜着眼看黄阿婆。到底是人吃还是灭老鼠啊？当然是老鼠啊！黄阿婆斩钉截铁地说。那你管它痛苦不痛苦干吗？黄阿婆意识到言语有所穿帮，就说，不管了，能药死就好。但说这话的时候，她心里特难过。

　　农村里流传下来的禁忌中，如果狗朝哪个方向哭，哪个方向就会有凶兆。就像乌鸦报丧、鸟儿拉屎、眼睛乱跳一样，狗哭流眼泪，人们是不欢迎的。黄阿婆对这些老话有时深信不疑，有时深深怀疑。在回来的路上，她一个人走着走着想起了嘟嘟就哭了。她内心里发问：这个世界上难道只允许人悲伤而不允许狗悲伤？

可是无巧不成书，就在嘟嘟哭号的第二天，西北方向一家人家出了事，男人家出了车祸死了。黄阿婆听了那个消息，异常惊惧。她的心脏怦怦跳得要炸裂了，头里仿佛天旋地转。她嘴里连连不断地念起了阿弥陀佛阿弥陀佛。她觉得自己做了错事一般，觉得对不起人家，她是刽子手。嘟嘟的哭号成了她心头的绝密，她心里知道，嘟嘟再也保不住了。黄阿婆想过把嘟嘟送人，但是如果被人知道这个秘密，或者嘟嘟再哭号，岂不是害了人家？

黄阿婆从镇上回到家里，整个天亮了。阳光洒在门前小河里，小河水闪烁着明晃晃的光亮，天空也如瓷器一般圣洁。嘟嘟摇着尾巴赶了过来，不断地用舌头舔黄阿婆的手。黄阿婆唤着"嘟嘟，来，嘟嘟"，温和地摸着嘟嘟的头，心里头却乱着。

5

黄阿婆对百强叮嘱了一遍又一遍，才放心让百强牵走了嘟嘟。嘟嘟很不乐意，黄阿婆硬着心肠赶走了它。百强用馒头诱惑了嘟嘟。嘟嘟吃了馒头就开始呜呜难受得大叫，黄阿婆怕听到这难过的声音，但心又有所牵挂。她在里屋的后窗向外张望。后院向外的麦田异常空旷，冬天的霜迹刚刚退去，百强和嘟嘟消失到了远处杂树斑斓的河沟处。嘟嘟的喉咙里好像很难受，它的两条前腿在河边的菜地里拼命刨着。

嘟嘟的喉咙里像被哽着什么似的，发着咕咕的呻吟。它的头又像拨浪鼓一样甩着，它仰天长啸起来，直到最后动弹不得。晌午的风吹过，黄阿婆把后窗轻轻关上，混浊的老泪也流了下来。她知道，从此以后又要过寂寞的生活了。

百强回来向她邀功的时候，告诉她说，这狗还真有灵性。它在河边刨了一个洞，自己躺了进去……黄阿婆坐在藤椅里木鸡般一动不动。

第六辑

闲如是

南方有嘉禾

河床上的月

出客栈几步，便寻得一个河床。由于昨夜雨声的遮掩，让人容易忽略这溪流的声响。天亮，雨歇，水流声愈加清晰，像是琴上琶音。

河床中部有条百米长的大坝，将溪流切成上下两部。三三两两卷起裤腿的村民提着脸盆拿着水桶行走其上，蹚过溪水的双脚，让人觉得浑身清凉。在水流平缓的岸角，她们蹲下来，洗、揉、搓，溪流里唱出温柔而清越的浣衣声，世间沾染的尘埃仿佛随之也漂白成干净和芳香。

上游水面比较平静，经过坝面往下俯冲的时候却有点急。下游的河床接纳了上游的水，四面八方飞溅，并没有太多囤积。很多地方显得较为干涸，露出一簇又一簇的灰、白，上面碎石扁平、细小、圆，蜿蜒成鱼脊一般。

沿着石滩走了一会儿，望见一座古老的拱桥，横贯河床两岸，形如月。桥边附着的全是野草和苔痕。桥上有车辆穿梭，桥下两个拱形圆孔如城门一般森严林立，圆孔下有一两处干涸的石滩。石滩与石滩之间缝隙过小，溪流湍急。几个孩子在石滩上行走，估摸在寻找鱼虾。桥上的喧嚣和桥下的静谧对比强烈。

我一抬头还看到了月，天之蓝，云之白，草之绿，月之明。

我站到了拱桥上，远山如眉，近水如绢。

水里的月恍兮惚兮，让我忘了今夕何夕。

一窗角的山色

去一个陌生的地方，第二天醒来，我喜欢拉开窗帘看看后窗外的风光。

这一窗角的构图，着翠青的素衣，在闲暇的停顿中，像长篇的楔子。

秋夜宿桐庐，晨起开窗，呼吸里尽是明快的凉意和秋草的气息。远山起伏，迷离、厚重而深远，含隐隐青蓝。一条弯弯曲曲的小径，斜向远方。大地旷阔而空茫。袭面的凉风，携着溪流，夹着泉清，有丝丝缕缕的温润和缠绵……我对那一窗的沉湎、依恋、虔诚，犹如欣赏东山魁夷的绘画。仿佛在无上寂静里，有万籁齐鸣和万籁寂静的智慧。

这样的清晨，我在青岛看到了崂山下的红顶屋，在湘西看到了沱江边上的云雾，在大理看到了苍山洱海……

那里仿佛有着无法拒绝的神秘，令我神往。

我万水千山的辗转，心灵的顿悟或歇息，有时好像就在那片刻或一窗角里。

双溪的牛

在双溪，十来头牛躲在水里依次排开，玩得正欢。天太热，它们只露出一点点背脊和头上的两个角，乌黑的眼神，和陌生的人群茫然对视。

岸边停数辆板车，用于载客去码头漂流。师傅将刚拉完板车的一头牛赶下水，随即又从水里牵出另一头。牛很听话，默默地站在那里，只是偶尔提腿动弹一下，估计有蚊子叮咬。木板车周围通风，横梁上布置了姹紫嫣红的花，下面安了两个轮子，像一顶流动的轿子。三组绳索分别套于牛的颈、背、尾。

大家一哄而上坐上板车，稳定后，师傅一个箭步跃上前排座位，牛慢吞吞地开始起步。随着师傅手里鞭子"啪啪"直响，牛的脚步加快了。但鞭子并没有落到牛背，只在空中回响，许是吓吓牛的。师傅也理解，这样一个夏天，做牛不容易。

在我七八岁的时候，我记得大伯家里也有一辆牛车，用于装运柴草。我喜欢缠着他要坐，牛车在乡村小路上嘚嘚而行，风在大地上有节奏地呼吸，旷野里响过轻微的簌簌声。大伯的鞭子甩得清脆无比，回响在村庄的上空，但更多时候只是吓唬吓唬牛。只有牛不听话的时候，他才抽。我曾模仿，用纳鞋底的白线，一头绑在了竹竿，另一头打了结，做了一根鞭子。试着走到猪圈、羊圈门口，在它们头上甩几下，但很无力，它们好像不疼。接下来又去甩狗、鸡，它们满院飞逃。

祖母从来不许我们和她一起洗脚。有时她洗脚，我们把脚伸进脚盆，她就一阵责怪。说，4只脚一起洗，来世投胎要投牛的，苦煞。她还用手指近乎指到我们的脑门。我们噘嘴，赶紧收起。她早已离开了我们，应该不会投牛的吧。

我在恍惚的瞬间，牛加快了速度，扑哧扑哧的鼻息吹动热浪，脚步格外矫健，在水泥地上敲击，发出"嘚嘚笃笃"的响声，像非洲鼓上拍出的韵律，回荡着阳光的热烈和草木的清香。

我们到达码头，牛也完成了任务。

后来乘着竹筏经过刚才牛栖息的地方，我已认不出那头载过我的牛了。竹筏驶过，微微的水浪涌向牛背，两岸茶山葱茏，竹林绵延……风景很是怡人。

但我对牛莫名生了怜惜。

遥远的篝火

循着溪水行走，夜越发地黑，山路逼仄，路边有合抱之木婆娑。

最耀眼的是那红灯笼，无风，安静地垂在树梢，挂在墙头，吊在木阁楼的檐角，高低错落，廊道盘回。这样的红，广不可及，绵延了整个山头，像武侠小说里的序跋，那样引人入胜。

依青山、临碧水，陡岩峭壁贴近脚边，山的苍翠只在夜里留一抹微痕。篝火在远处，像一罐颜色倾泼。

我惊觉，火把的红。

男孩吐出的火焰将晚会引向了高潮。

我无法感知将火把滑过脸颊、手臂、肚皮的滋味，也无法感知将火把放入嘴中的玄妙。也许三百六十行，每一行都有必杀之绝技。

我坐在长条凳上观看，周围竹篱笆、绿草坪，露水盈盈，灯笼、篝火美如云霞。

结束时，我在转角处遇见那个男孩。他在水龙头上拼命灌水漱口，嘴里强烈的煤油味晕染了夜阑人静。

回来的路上，他们都说好看，我觉得也是。

只是内心里觉得，那篝火的红有着悲悯的色泽。

片段的大西北

1

在青海祁连山脉东段的拉脊山，山道曲折，海拔渐高，风也大。手机已失去信号。外面草色浅绿，像无边的足球场垂向天际。车如爬行，缓缓而进。牦牛和藏羊散得漫山遍野，有的成群结队奔到车子前面，堵住了去路。只好放下车速，让它们慢慢经过。远处，三两个白色帐篷，云片一般随意搭在草原，炊烟正袅袅升起。

我和导游扎西一路闲聊。他是藏民，忙完这两个月，他也要回去照看牧场了。

为了让藏民子女接受更好的教育，如今政府安排他们集中居住，还给各家各户划好了地段，规定了畜牧数量，以防植被破坏。进入夏季，老人和孩子留守家园，年轻人外出放牧。放牧前，要做好前期准备，前往草原打桩搭帐篷。他们带了足够粮食，接下来的大半年时间将在草原上度过。如果食物不够，家人会骑着马或者开着摩托车汽车送来。帐篷上安装了太阳能发电板，可以取电照明。扎西说，他带的是小型风力发电机，晚上可以躲在帐篷看书玩手机。

这些牛羊一生下来就习惯了高原生活，早上放出去，晚上由领头的带回，不需要太多管理。夜里它们围着帐篷睡觉，淋了雨也没事。扎西说，不怕别人偷走，怕的是高原深处的狼。

好在每家都有藏狗守候。

山道的转弯口，不时发现一些酒家的简陋招牌，旁边经幡猎猎晃动，用餐就在那圆圆的帐篷里。

我们去的时候已是8月下旬。再过一个多月，草原就要下雪。草原的冬天总是漫长而荒凉，冬春时节，牛羊主要吃些干草和青稞。由于天气原因，每年在大西北做导游的时间很短。扎西也想去外面的世界看看，不过他已习惯了高原生活，就像这些牛羊一样，喜欢自由散漫。再说如今的牦牛价格也不错，他乐意放牧。

扎西抽了一根烟，慢条斯理地说，过了这个月，我就要回到草原上了。

2

祁连山脚下的古丝绸之路一段，位于黄河以西，所以叫河西走廊。武威、张掖、酒泉、敦煌，那些名词一闪现，金戈铁马、羌笛杨柳、大漠孤烟，想象里便有了霍去病、李广的刀光剑影，汉朝的兵马和匈奴厮杀不绝……但现在它们都沉积于历史的尘埃了。

从嘉峪关至敦煌，一路茫茫戈壁。偶尔一小撮绿色，在车窗外浮光掠影，转眼又消失。

戈壁滩上不时闪过一两个土丘，那是墓地。当地实行的还是土葬。风沙吹过孤零零的墓碑，周边旷远而寂寥，根本谈不上忧伤。

四五月份，戈壁滩上卷起漫天黄沙，有时还有沙尘暴。进入十月份，渐渐有雪，大雪总要下到膝盖那么深。我向着窗外远望时，导游小常正津津乐道着海市蜃楼的壮美。在风沙里来回穿梭的她，脸上一点也看不出倦意。

友人感慨，那茫茫的戈壁滩上埋过多少孤寂的魂？

我在心里写下："它那么荒凉和孤独，像失恋的感觉，又像生死的参悟，行过风雨，又旷达依然。"

那种极致的单调，让我真想写一封信给自己，寻找前世今生，让灵魂贴着远方说一些心事。

3

敦煌市区面积不大，路方正，车子好走，建筑的形式能跟上现代的节奏。但它又有自己的神韵，路灯是飞天的模样，地砖也有历史的纹理。鸣沙、月牙、阳关……命名了城市的道路。厚重，随处可见。

鸣沙山，全山系沙堆积而成，高数十米，山峰陡峭，势如刀刃。沙丘下面有一潮湿的沙土层，风吹沙粒振动，声响可引起沙土层共鸣。据史书记载，在天气晴朗时，即使风停沙静，也会发出丝竹管弦之音，犹如奏乐。"沙岭晴鸣"为敦煌一景。

经风一吹，骆驼的踪迹、人的脚印，一夜之间全部消失，鸣沙山恢复原状。敦煌躲在戈壁与沙漠之间，那么滋润，风生水起。

水和火不相容，沙和泉却长相依。月牙泉如一弯明月印在鸣沙山。

那时商人络绎不绝，成就了敦煌的富饶和瑰丽。它也寂寥过，在历史里沉睡千年。

莫高窟披着神秘的面纱，让人浅尝辄止地欣赏。那时，一声声凿开的声音回荡着沧桑。

余秋雨在《文化苦旅》中提到的那个王圆箓（约1850—1931年），法体就存放在莫高窟外面的白塔之内。

余秋雨对王圆箓的评点甚是尖刻。我走访了当地好几个人，他们对王圆箓又有另外一番评价。其实他并不是那么愚蠢无知和贪图蝇头小利之人，他守候莫高窟期间也有呼吁、抢救、上奏。他尽毕生之力守护着那片佛窟，洞启了敦煌文化最重要的一扇门，却又无奈地将中华瑰宝贱卖给了外国掠盗者。在国将不国的年代，作为一名道士，他势单力薄，不过苍茫世界里一粒沙而已，个中凄凉滋味只有当事人自知。

导游小丫头说到王圆箓时，她说，那时大清王朝正在风雨飘摇之际，伤心之地又何止是敦煌。仁者见仁智者见智吧。

我们走过，只有一声长叹。

4

在兰州城闲走，发现了那条很有江南味道的南城巷。路旁种满了核桃树，面向大路的白墙上写着："意江南——文化江山"。那是一条宣传长廊。画面有园林、茶馆、昆曲、水乡、风筝……

在黄土高原的丘陵地带，在这个温带半干旱的大陆性气候之地，这样的画面真让人恍若置身江南了。

句子也动人，苏州园林的画面旁边标注着"苏州好情调，春风莫等闲"。

还有白居易的词《忆江南》：

江南好，风景旧曾谙。日出江花红胜火，春来江水绿如蓝。能不忆江南？

江南忆，最忆是杭州。山寺月中寻桂子，郡亭枕上看潮头。何日更重游？

江南忆，其次忆吴宫。吴酒一杯春竹叶，吴娃双舞醉芙蓉。早晚复相逢？

此情此景，让人想起江南的春草、杭州的西湖、灵隐的月、钱江的潮、吴宫的歌女……据说南城巷是明朝时期兰州内城的一条巷子，江南移民曾在这里居住。这里靠近城门，和平时期是商贩们交易的场所，抗日时期也是民众躲避敌机轰炸时疏散的通道。

走过许多地方，总觉得城市的模样差不多，很多城市早已失去了原有的味道。但在兰州行走，遇见这样一条时光流转的巷子，让人穿越了历史的长河，触摸了城市的沧桑变迁，感觉在钢筋水泥的冰冷里有了想象和温暖。

西北和江南的碰撞，那是诗意的殿堂。

他让我想起南方的故乡，布谷、炊烟、蓝印花布、青草池塘……

我沿着墙角行走，仿佛他乡遇故知。

池上春意

　　一块木质栅栏挡住了我们的去路，旁边书写：前方塌陷，禁止向前。我们仿照《桃花源记》里武陵人那样"……缘溪行，忘路之远近。忽逢桃花林，夹岸数百步……"想前往探个究竟。远处的绿野灌木诱惑了我们。我心里不时闪过禅语"一叶一相思，一草一枯荣""一叶一菩提，一树一浮生"，便跨了栅栏，一直钻里边去了。

　　小径左边有一池塘。去年冬天的某个早晨，我曾路过那里。空气中散着薄薄的雾，塘底干涸，只露出呈龟裂状的黄泥，辜负了晴好的阳光，否则，一池蔚蓝那是一定的。因为有事，我后来没有再往里边去。今日再次相遇，已是春日了。池塘边树木不多，只是些许枯枝，春天的绿似乎还没有光顾。我们一直怀疑这些树木是否还活着，但是它们虬曲的态势似乎透着张力。向内几十步，那里有座木桥，两块木板往水外径直伸出，下面也是木头支撑，如吊桥悬空一般。桥和水面又有一定高度，增加了奇险，估计是一些捕鱼船只停靠之用。我们想象着，在这木板桥上可以弹古琴或练太极，听黄昏风吹，最好在夕阳西下时，有《平沙落雁》的意境。

　　小径右侧却是恢宏的绿。银杏、香樟、雪松、白杨、老槐、广玉兰……星罗棋布。有的随意散乱在路边旁逸斜出。有的枝丫被修剪了，只剩下如弹弓一样的身躯，根部还裹了麻绳。我们猜测，那些肯定是名贵的树木。

　　一直往里边去，夹岸的树木多了起来。香樟、小叶黄杨枝枝叶叶的在风里吹，一些金橘耷拉着脑袋。天色阴，天空铝合金一般灰。星点一般的几个钓鱼人，蹲在岸边。鱼竿子甩起来的鱼不大，活蹦乱跳，在灰白的天空下晶晶亮。偶然几只飞鸭飞过，它们伸直了后腿，翅膀扑棱棱地着了水面，犁开一圈圈波纹，它们大概忙着去捉鱼。横搁在水岸的小船，系铁质，浙江的乌篷船般大小，船头还有小烟筒。缆绳系在了岸上的枝条上，在风里默默摇荡，有"我欲乘风归去"的惬意了。树林里不时惊起一些飞鸟，叽叽喳喳不休。这是鸟的天堂啊！呼吸着这样的气息，宛如安享一剪菩提的光阴。

　　不过，里边好多捕鸟的大网却让我们惊惧。插在草丛里两根竿子上面布着稀稀疏疏的网眼，一些飞鸟经过，便如银河黑洞。这样的风景让我仿佛着了春寒一般。我们赞叹的丛林，大野的气象，仿佛吸取了天地日月精华，却不想也是鸟雀最后的葬地。我和友人深深叹息。作家李汉荣在《河流记》里曾形容现在的人们："一路张狂，一路呼啸，见山欺山，见水虏水，见鸟烹鸟……""如今，还有几只鸟愿意停在我们屋顶，与我们聊聊天、拉拉家常，或亲热地呼唤我们的乳名，或用水灵灵的语调向我们朗诵几首唐诗？"归途中，我们看到一只飞鸽落在了网里扑闪。见周围无人，我们很快地用竹竿把网扯了下来，但网撒得太高，有弹性，一会儿又弹了回去。我们跳起来，再次用竹竿打着了网，将网扯到胸前，小心翼翼将飞鸽的翅膀从网中分离开。它惊恐而多疑，最后凌空一跃，飞走了。

　　为放过的鸟儿，我的心也是一惊一乍的，偶然觉得那样的田园带了点灰色，和那天空一般。但终归是一物归一物，那样的绿，那万千树木，那春日，毕竟是我大爱。为救起的飞鸽，我也仿佛做了一件大事似的，后来还瞎高兴了老半天。

2014年4月12日

皂荚树

　　寻了一个闲适的午后，去漫步，看看时令大雪过后的景致。雪没有，天空却着了黄，迷蒙睁不开眼的样子。我喜欢这样徒步的方式，有时这样的徒步也不是徒劳的，走走停停，可以看看脚下大地上安静相处的风物，心头多少有些涤荡或是收获。

　　在一个古闸口，歇一歇，倚在那古旧的栏杆上，望一望遥远的天际。远处淡淡的白淡淡的蓝，眼里豁然明朗起来，几只鸭子在远处乐着呢。

　　在闸口的岸边，遭遇一棵皂荚树。鲁迅先生《从百草园到三味书屋》里说的"不必说碧绿的菜畦，光滑的石井栏，高大的皂荚树，紫红的桑葚……"读了那样的描写，觉得有了几分亲切。可是据专家鉴定，如今长在鲁迅故里的那棵树却不是皂荚树，而是无患子。那么，散文中的皂荚树究竟是鲁迅先生笔误，还是皂荚树被砍后后人补种了一棵无患子，这成了一个难解的谜。据资料说，无患子与皂荚树形状确实很相似，都开黄花，果实均含皂素，都可用来做肥皂。经常有人把两者混淆。

　　眼前的皂荚树，冬天的风把它的叶子几乎剃光了。它卧在了水面，应了"疏影横斜水清浅"这样的句子。这样的姿势显然不是自然的行为。自然的力量要么拦腰截断，要么连根拔起，它只是躺在了那里。周围的水杉刺槐腰板都很直，它却看似垂危。既然推倒了它，为何又这样丢弃了呢？

　　它弯着的姿势，让我联想起小时候所看马戏团中的柔术来。看到人家小女孩头颈仰后，祖母总在后边絮絮叨叨"要死了，要死了"。她言语里的恐慌，显然是担心人家柔术表演失败。她还跟我讲过她曾经看过的表演。一张桌子上安放了一把长条凳，凳上再放一朵花。一个小丫头爬在凳子上头颈仰后用嘴衔花，最后跌了下来失了性命。所以每当我要练那个，祖母总要骂的。

　　皂荚树的根部还深深地扎在岸脚，枝丫显出一种遒劲的姿态。一些干瘪的皂荚在风里摇荡，枝头上残存的绿色同样还在张扬。我本来还想在那里捣鼓些寄情抒怀或托物言志之类的花样，或者哀叹几声，后来觉得一切都不必了。我知道，来年春天，它依然会满树繁花、明媚晃眼的。这些足够了。

茶上虚度

几个人说要喝茶。龙井、铁观音、大红袍……绿茶清冽红茶浓，雅室小聚，装文艺的腔。

杯太小，如汤团。三杯下肚，还不过瘾，继续。为博众人一乐，玩起了牛饮，呛出声来。一笑，时光仿佛有了色彩，有了温度。

斗酒诗篇，属豪放。茶属婉约，一杯接一杯，话题也多。说春日里江南新茶，聊绿野踪迹里采茶的曲，一个个音符，过往的人事便和茶缠上，和茶上的氤氲有了纠葛。有时在外地，见卖茶叶的，便喜欢闻、喜欢聊。随手抓一把，让茶叶在指缝间滑落，听茶叶纯粹的音色。

老祖宗把喝茶的事搞得很文艺，是慢生活的典型。喝茶聊天，家长里短，海阔天空。喝茶谈事，茶喝好，事毕。结账，拍屁股走人，落得惬意。爱恨情仇似乎烟消云散在一壶间。

章回小说里，总要和茶园扯上关系。大户人家有叛逆的少爷或小姐，恋爱的对象总是清苦的庄户人家。茶园是发生爱情的背景，爱情总是寻死觅活。最美的是绿色覆盖的茶园，茶山云雾缭绕，空气中弥漫着爱情的芬芳，翠绿欲滴的茶树中有银铃般的欢笑。水云间，一路青山绿水，一片春色盎然。

茶艺，茶经，茶诗篇，都是茶的衍生物。我经过一些城市，扬州的冶春茶室有早茶，湘西茶马古道有黑茶，天目湖南山竹海有白茶……茶有浓郁的中国风，丝丝缕缕，缠缠绵绵。

一个城市有一个城市的精神、情致和品质，在茶上可以窥出一二。就说扬州，茶上缭绕的是古城文化气息，江淮情趣。湘西则是西南的神秘、古老、野趣。

喝了茶，抚摩了流淌的光阴，享受了时光的赋予。茶事里，总是有许多心情际遇，昔日思绪。过往人事，缘来缘去，在茶里浸润弥散开来，便不再恨无聊的生活。此时，配古琴极佳，譬如《流水》《广陵散》；古筝也可，《栖霞秋韵》《如来一叶》……

虚、实是道家的哲学。在茶上虚度，几个人落座，其实是用一种思想去换多种思想，梦想仿佛有了飞翔的翅膀。于是便梦见了庄子梦见了蝶。

煮茶、品茶、悟道，若将茶撇开风雅，和生命对接，就成了一首意犹未尽的长歌，就着苦乐，蜿蜒成了哲学之道。

湖州取道

　　夏日一个黄昏，我们 3 户人家在石锅渔乡聚餐吃鱼。从斜阳西坠开始，边吃边扯，天文地理、琴棋书画、市井俗事……一直扯到晚上 9 点。本该散场的时候，不知谁扯到了旅游，大家兴致忽而又高了起来。来一场说走就走的旅行太具诱惑了，到底去不去则通过举手表决。孩子们乐开了，个个把手举得很高。二话不说，大家意见统一，决定将目的地锁在浙江安吉，于是分头回去整理行李。

　　从我们居住的长江北岸小城赴安吉，至少要 4 个小时，估摸到那里也该后半夜了。搜了地图，赴安吉需途经湖州，于是，我们决定夜宿湖州。

　　过了苏通大桥，另一辆车上的蒋先生竟然还走错了路，开着车一直往上海嘉定方向去，我们只好在一个服务区等他。夜的气息醉人，夏风也清新，天穹里点点生辉的星星格外耀眼。我们没事做，从车里拿出葡萄来吃，也不觉寂寞，只是窃窃地笑蒋先生这个路痴。

　　一个小时过后，等到了蒋先生，大家继续上路。我们把住宿的地方设在湖州师范学院，料想大学旁边应该有住宿，另外心思里也有大学的青春情结。可是到了那里，除了校园和街上的几盏灯幽微地亮着，周围则是黑乎乎的。夜愈见深邃，哪里去寻住宿的地方？我们只好在湖州城里兜转，约莫又过了半小时，好不容易才找到落脚点。时间已是夜里一点左右，周围夏虫唧唧，像是天上星子发出，成了最美的通感，四野又像多声部的。

一阵梳洗完毕过后，大家兴奋劲似乎还没退去，迟迟没有睡去的意思，孩子们更是要吵着玩会儿。

夜愈深，愈没睡意。拉开窗帘往外看，城里到处都是亮着的灯箱和荧光字，还有高楼里透出来的星星点点的灯光。哪里去寻湖州的湖笔、丝绸、茶等踪迹？

湖州的地形，西倚势若奔马的天目山脉，境内重岗复岭，群山逶迤，异峰突起。据说南宋词人姜夔，曾隐居湖州弁山白石洞，因此称"白石道人"。世界第一部茶文化专著《茶经》的作者，被后人奉为"茶圣"的陆羽，也居湖州 30 多年……这些只能在历史的典籍里寻一些影子罢了。

次日，大家起得早，丝毫不受前夜晚睡的影响。出旅馆转个弯便是吃早点的老街，街上均是明清建筑，挂着些大红灯笼和酒旗。天气炎热，酒旗也没有猎猎招展的情致，只是纹丝不动。

街上有震远同玫瑰酥糖、丁莲芳千张包子、周生记馄饨等买卖，也有湖笔、太湖三宝、太湖百合、湖州雪藕、长兴白果等特产销售。

我们选择一家中式小吃店，店内桌子都是大方桌长条阔凳，茶点品种较多。餐后，我们便往安吉去了。至于接下来按部就班行走的安吉，现在竟然已记不起多少情形。然而湖州一夜，近似浮光掠影，明亮的星子，像丹青敷了颜色的星空，还有街上看到的"一湖风光，一州古韵"几个字，却落在心里成了如今回味的情怀。

掬一塘云影

风湿冷，直灌衣领。紫藤、木瓜、枸杞、紫荆……色泽均有所藏匿，不再婆娑密集。冬日的大地单调而茫茫，谢了顶一般，但几块河塘如棋盘方正，将湛蓝天色入怀，像极了简约的水墨。

我们在沈的庄园。

初遇沈，只见他微胖，平头，戴眼镜，身上有一丝禅味。我在想，如果他穿上中装，和这庄园的气质多么契合。

及至河塘，岸边有簇拥的茭白叶和低垂的杨柳摇荡，颜色枯黄。时令刚过小雪，绿波纵横的画面了无印痕，天空、大地、河流、草木均以自身的秩序归于统一和平衡。草木荣枯，随季节转换而次第登场，而今河塘在清冷中透出刚毅，尽显风流。

沿木质曲径向河塘中央走去，有一露台，置石桌、石凳，四周皆盆景。如果换作夏夜，在那里诗酒为伴、吟风弄月，倒真有"暗香浮动月黄昏"的意境。如今只剩残荷，浮生于清波，留一池岁寒枯黄之影。有人说，心若没有所悟，风景则无法入怀。满眼残荷，在凛冽的北风里愈显萧疏凄然，但褐色饱满的莲蓬，却让人感到内敛和萧条同在的惊喜。雪小禅说过，"她盛开时只是妖娆和跋扈，她枯萎时，才有了风骨和气象"。如诗的清骨，仿佛另一种灵魂在盛开、在雀跃。

另一河塘，离岸几步之远有一木结构的棕色亭子，飞檐流阁，结构精巧，柱子之间均有木纹座椅。可惜少了绿树掩映、蜂歌蝶舞的点缀，留白过多，但小而别致，和残荷倒很匹配。加上河塘云影，宛如清新隽永的宋人小品。"清风明月本无价，近水远山皆有情"，看得出这里每一个细节都是主人心曲的表达。或雾、或雨、或雪的天气，显现别样的风味。

沈常年在沪经营空调生意，通过多年打拼积累了一些资金，回来弄了这样一个庄园。这让我想起古代士大夫们所建的宅院，如无锡的寄畅园、扬州的寄啸山庄、苏州的拙政园……风格素雅精巧，在平中求趣，拙间取华。在我周围，做着这样庄园梦的朋友有好几个，有的已经实现，有的还在做着。那时的徽商和晋商不也这样吗，跋涉千里，最终携一生风尘回到生命的起点，做起了老爷书生的情怀梦、庭院梦。

不过沈的初衷并不是我们想象的关乎归隐或书生的梦。他原先辟一小块地方只为休憩、会客之需，以便友人煮酒论史，谈天说地。后来他爱上草木一发不可收，庄园梦越来越大。天光云影之下，河塘里有了河虾、甲鱼、草鱼，田间有了榆树、桂花、黄杨、银杏、香樟、枇杷、玉兰……这一切成了他另一种呼吸。

薄暮时分，踅进堂屋，一只猫正在门槛打盹儿，地上有刚从田间拔回的青菜，几瓶米白酒安于墙角，真有"掩门藏明月，开窗放野云"的幽静和闲适。

我想，下次再来应是草长莺飞或是荷叶田田了……

淹城迹

　　淹城的形制太像一个靶子，3道古城墙逶迤起伏，3条护城河清波荡漾。子城在靶心。从里向外，依次子城河、内城、内城河、外城、外城河。

　　淹城距今已有2500余年历史，据说是我国目前春秋晚期城池遗存中保存最为完整的一座古城遗址。在军事不发达的春秋时代，它凭借天然之险要，等同于古人心中的三山五岳，如一粒明珠诗意地安在了江南的水云间，小而精致且宁静。

　　关于它的来历存在多种说法，学界较权威的说法为古奄国是由山东曲阜一支殷商后裔来此建立。后水源充分，地方县志改为"淹"。

　　如今的淹城遗址只是淹城春秋乐园的一部分。铁血冒险城、九坊美食街、春秋五霸山……这些外城的乐园均为现代人杜撰，是遗址辐射给商业的礼物。

　　我直接奔原生态的子城去了。

　　子城在靶心位置，中间有阔大的草坪，四周皆草木。除了奄君殿和枯水井之外，再也没有其他风物。挖掘出来的陶器、青铜早已经藏进了博物馆，带不走的草木留在了这里。我仿佛听见古人在井边打水的声音，回过神却只是鸟儿唧唧，恍然空山鸟语的禅境。除此之外，多的是《诗经》里的植物。香椿、榆钱、白杨、垂柳、乌桕、桑树、松柏……它们或许和洪荒之地同生，或许来自黄河流域，随北方的文明和农耕而来。或来自异族他乡，随贬官或流民而至。它们见证过生离死别、爱恨离愁，见证过长勺之战、城濮之战、泓水之战的戎马血泪……它们的种子最终安宁地落脚在这里。

闭上眼睛，诸子百家来，他们写下草药、植物的名字，成为诗歌，形成骨子里的风雅颂。

我在城的内核，淹城的心脏部位，聆听时光的回音。外面一圈又一圈的城或河，多么像水墨里晕开的墨迹，多么像乐器振动的颤音。鸟声的音韵、植物的清香、树木的苍翠、湖泊的激滟……我是穿越了怎样的时空来到这里，静静地待在那里，体悟那一片苍翠毓秀，那一片用千年来计量的绿。

沿着沱江的水声回望

入凤凰古城，夜已深。遥遥的只是黑魆魆的山脉影子。近了，才见街上璀璨的光。沱江水汩汩不息，仿佛演绎着天地间的协奏。斜铺在江面上的木板，透出古老神秘的气息。沿岸吊脚楼里的灯火映照江水，如西方油画里的点彩，光影如歌。夜里11点，凤凰的夜生活仿佛才刚刚展翅。现代的酒吧，摇滚热烈，沸腾弹唱。凤凰在现代的节奏里纵情喧嚣，注定又是一个不眠之夜。

我曾在蛛网似的地图上寻觅着凤凰的气韵。我自言自语，今生一定要去凤凰。现在，我来了，站在沱江边上。吊脚楼棕色、红、咖啡、熟褐的颜色，既真实又宛如梦幻，气象里溢出时光里的宁静……星空深蓝。

青砖石板的街道依稀回荡急促的"嘚嘚"的马蹄声、冷灰一般的枪声。天地寂寂，是小说里的湘西吗？这一切让我恍惚了。而现实，那红、棕色、赭石色的牌楼酒吧里，年轻人正狂欢；情侣旅店，制造着粉色浪漫；茶叶烧饼饰品土匪鸡土匪酒的吆喝不绝如缕……

我记得《鸭窠围的夜》里有原生态的雪。

沈先生说："我包定的那一只小船，在天空大把撒着雪子时已泊了岸……"

凤凰城里"土匪"头戴牛仔帽，穿马褂，着大裆的裤子，手里拿着酒瓶，肩上扛着枪。他们追着要你合影，然后收费。

　　在红、棕色、熟褐色的牌楼前，想起老顽童黄永玉的水墨《猫头鹰》《山鬼》……墨，如天黑。力，透过纸背。

　　一阵夜风吹，听沱江奔腾不息的吟唱，仿佛那里有旧日放排的号子。也许当年沈先生放排清江，就在我脚下的这个滩头。

　　那里藏过盛大，清凉，寂寞。那时，月色撩人。

恍惚或恍悟

如 戏

去年秋风瑟瑟的时节，我同样站在那棵大树下听京剧样板戏《沙家浜》阿庆嫂和刁德一的智斗。过了一年，我故地重游，当然，绝不是因为京剧本身或者我喜欢京剧的缘由。

时间依然是上午9点半，地点依然是横泾老街，剧情最后依然是抛绣球。可在这一年里，该有多少旁逸斜出的事情发生？该有多少生死寂灭的上演？唱腔依旧，时光却在无声流转。

去年同样站在这里满街的人呢？是什么把我们冥冥之中安排到了这里，又流水般流散？怎么会遇见他们，而不是别人？

蓝天、白云、稻香，去年我把一些事物比作的喻体，今年还在吗？这一切难道都是逝者如斯夫的时间在作祟？

而在时间里，除了大了一岁之外，我又获得了什么？我在这里的踟蹰又寻着了什么呢？

难道是记忆？

要说记忆，那就衍生了时间之外更多的产物——间隔、重叠、粗细、疏密、反复、交叉、错综，那是怎样的无垠？

我又感觉，在同一个地方似乎寻到些别样的什么了。那又是什么呢？

是我所谓的思想？
芦苇无声。

2015年10月5日

山间雾

北方，清晨，鸡鸣在山谷回荡，群山云雾如白练缠绕。微弱的红，匍匐在山的眉宇。大地还在沉睡，昨晚凋落的银杏叶，还有两头甩着尾巴的牛不见了，天空只有青色。

河床早已干涸，上面飘着淡淡的雾，碎石清晰可见。我们在弯弯曲曲的河床行走，不知河床引领我们去向何方。

雾的散去仿佛一忽儿的事，山色云影一切都明亮了⋯⋯

以后的岁月，我的灵魂里仿佛一直秘藏着那座山。有时我在那里随意吼一声，听见了空谷足音。流水、石桥、苹果、生姜的气息⋯⋯它们总让我魂牵梦绕。我在尘世里也见识了一些人和事，在雾里看过一些花，有时遇了事也会在云山雾罩和云开雾散之间惆怅徘徊。可一想起北方我呆过的山，我曾在那里望过的空蒙云雾，我的目光仿佛又被那大山的幽蓝和葱绿洗濯，视野也放大了，于是灵魂仿佛也接受了超度。

2015年10月5日

水乡的构图

我记忆里留了这拱桥的一小段横截面，大片藤蔓缠绕，倒映水里，仿佛另一种和声，在风吹皱的水面晃荡。

从桥孔向远而望，又像成角透视，粗壮的大树斜倚水面，石级上搁着红色水桶。岸上的墙角，堆满了酒缸，似有酒香弥漫。

拱桥的这一头紧挨老屋。老屋底楼开轩窗，上面铁质雨棚经年风雨，已然斑驳。依着墙壁的白色水池，脚丫子撑在水中，池里绿草纷呈，旁边拖把上的蓝色布条非常抢眼。

老屋还有一个临水露台，铺灰色小瓦，四周木质柱子构筑。在这里喝茶，聊天，吹牛，看月亮，听船歌是个好去处。

那些年，船靠岸，出发或落脚，烟火味烈、浓。那时月上东山，回澜拍岸，欸乃归舟，他们的话语声氤氲寻常。水深云际之处，有踮着脚的凝望，有水淋淋的清唱，如今只是堆了杂货，东倒西歪。

河面倒映着白色的墙，在风里晕出一条条波纹，像油画里锌太白加了绿抹上去的笔触。

一切都很清澈，船歌也没动静。

王剑冰形容周庄的灯笼和夜色时如是说："红色的和黑色的颜色落进水里，泛起一层一层的暧昧的光。"陈逸飞说："我画的是江南古桥。你可以说它像什么桥，也可以说它不像什么桥。"这些都是鬼才的语言。

　　我行过江南汹涌的人群，梦着层层水澜，无意中吟出"色不异空，空不异色"。贪婪了那水乡的一角，就把它放到了记忆的构图，入梦来，随梦去，画面湿漉漉的，荡过明亮。

短歌行

那一小束的静寂

堤岸直向远方，无限，绵长，延伸，用黄金分割的比例，使天地间有了刀斧之痕，有了楚汉分界，一面江水如光，一边田畴如影。

午后，明媚的阳光隐逸在缥缈的云端，隙缝里斜折过几道光芒，如沙，如银，如幻，形成金色翅翼，投射在江面点点碎波，很像舒伯特琴键上悦动的指序。

吹沙的船，随意在视线里一横，仿佛着了天地间构图一角，只是静穆。风声猛烈，寒冷浮沉。

沿着煤屑小径，我们向着另一边田畴走去，像去寻找捕鱼的武陵人。仰首望，高大的白杨在风里萧萧悲鸣，苍黄的芦花在堤下摇荡翻唱；低头看，狗尾巴草蔓延成势。那种席卷而来的枯黄，有梯度的层次，有疏密的排布，裸露着季节色系的单一，却呈示着历过风霜雨雪的筋骨。

白云深处的人家不在，门虚掩，像贾岛的诗，寻隐者不遇。屋后清流徐徐，泡沫制成的舟子搁河岸，长篙峭立。茂林修竹处，一老妪扬着黄豆，屑粒子如轻烟散淡，随风遁远，了了无痕。

折几枝芦花回去吧，见证那空旷的黄和一小束的光影。

远处的麦田，茵茵生机的浅绿，像大地一生的阕词，瞬间有了转承。

　　除了苍茫还是苍茫，这哪是什么世外桃源，只是生命成全的机锋。

梅　林

　　一个晴好的天色，我们十来人成行，约好了去看梅林。一路上，我心里还杜撰了《梅林渡》或《梅林春晓》的文字。可到了那里，实在失望。

　　梅林很大，梅花却极少，枝头的花朵像糖葫芦一样耷拉，更难寻五言七律里的梅花风韵。一阵风吹，梅花散落一地粉泪。想象中行云流水一般盛开的梅花或"忽然一夜清香发，散作乾坤万里春"的景致荡然无存。

　　赏梅未合时，朋友不无遗憾。她说，梅林是亲戚的，她也没数。

　　其实我们一点也不介意。没有看到波澜壮阔的花海，但见了梅树清奇磊落的骨格。世上所有的相遇，需要因缘际会。

　　她很有心，在车里还特意为我们准备了好多水果。

　　"落梅庭榭香，芳草池塘绿。"没有梅花的盛势，却有朋友的盛情，垄上十来人，沐春风而行，亦是好景。

歌吹绿云上

　　善卷洞位于宜兴城西南20多公里的螺岩山中，山清水秀，巧夺天工，与比利时汉人洞、法国里昂洞并称为世界三大奇洞。

　　据《慎子》等古书记载，4000多年前，舜以天下让善卷。诗人善卷坚辞不受，入深山而隐居于此洞。善卷洞因此得名。

　　在善卷洞游程接近尾声时，遇见了一个碑林，镌刻了许多文人墨客的手迹。其中一份新四军通告在众多碑刻中令人瞩目。1945年9月24日苏浙军区政治部发布了一道由钟期光签署的一式五份的《通告》："……我军所至，纪律严明，对该洞之名胜古迹皆须维护与尊重。……对储南强老先生其家属财产等，亦应根据我党民主政府之法令政策，予以产权财权之保证，特此通告。主任钟期光。"

　　通告中提到的储南强（1876—1959年），一生亦仕亦隐，曾在我的故乡南通做过两年县官，出过一些政绩。离任时，南通人还为他刻了政绩碑。50岁那年他登报归隐，从此遁入山中。为了整治当地的善卷洞和张公洞，他变卖了夫人的首饰、媳妇的嫁妆，10年节衣缩食、奔走呼号、劳形苦心……善卷洞和张公洞终于换了新颜，于1936年开放供人游览。随后，抗战爆发，储南强将善卷洞安危系于一身，积极组织乡民与日寇进行了艰苦卓绝的斗争。

　　被誉为"万古灵迹""欲界仙都"的善卷洞，这里有三国时期的国山碑、晋代的祝英台琴剑之冢碑、唐代的碧鲜庵碑……然而触动我心弦的却是这份新四军通告——在龙飞凤舞的碑林中，书法造诣不算上乘，但点横撇捺之间却至情至深。

　　江南名胜，很少靠天险或鬼斧神工，在山川河流中胜人一筹，但以其独有的文化作为基底，秀丽精致之外，给了山水一抹开阔气韵。明代杨一清《游善卷洞》诗云："停杯迟山月，蹑屐破林苔。歌吹绿云上，茶烟引鹤来。"写得令人叫绝。然"歌吹绿云上"有仁义和大爱落在丰碑上，更觉浩然正气。

淬 炼

1

洱海的蓝一直泼在我的想象中。

而今坐在岸边，面对近 2000 米的海拔，依然如梦。

旁边一寺，檐角弯向了云端，墙上镶嵌的金边线条，像龙鳞、图腾。云和天空蓝白分明，色彩的纯度恍惚了我的眼，旷阔淹没了来来往往的人声。

这是洱海，它穿梭于过去、现在、未来。流水和禅吻合，密布了我们看不见的幽深、不为人知的神秘和沧桑。

云在天际，那是云海的片段、声部、序曲。

有云心更闲。

我走了万里路，只为在苍山脚下坐一坐，看看云。

2

河滩白杨，一去几十里。从桥上远望，如铜围铁马，坚毅挺拔。

冬天里，每棵树的底部刷了白色，林子落光了叶片，但阵势依然。友人微信留存：我的大河，我的林子，我的春冬……

那时，她喜欢在冬天的早晨看那林间缥缈的雾霭，像仙境给人无尽的想象。

　　过了几十年，她离那里越来越远。有一天，她突然想起小学里那个美丽的老师，于是就沿着林间的路去寻找。美丽的老师在田间劳作，看到她白发苍苍的一瞬，友人流下了悲喜交集的眼泪。

　　我们沿着林子行走，聊了草木、时间和生死，感念活着真好。

　　大河水光潋滟。这样的行走，像在时光里淬炼灵魂，淬炼孤独。

弦影情怀里的精神视域（跋）

　　长江、黄海、东海，行于天地，经于故乡，三水相激，咸淡分明。从这里出发，应有张扬的气度。然，溯源回绝的万里长江流到这里，改了飞扬跋扈的霸气，故也得平和圆融。

　　水有微澜、潺潺，也有壮阔、浩荡；有浅白、清亮，也有深蓝、翠碧，随日月星辰不断变幻，所以我们应懂她一些刚，识她一些柔。江海交汇，积沙成洲；沙上有梦，取其一瓢。

　　人生再无少年时，省察来路，折折弯弯，蜿蜒如梦。天空、大地、山川、河流、老槐、垂杨柳……记忆的纹理中，藏匿着我无尽的神秘和回想。

　　江南好，灵秀，精致，有文脉，有挚友，故喜欢。北国也爱，恢宏，辽远，有苍凉，有沙场，与南方逆行、互补，相得益彰，开阔视野，均为诗和远方。

　　琴，旋律、节奏、张弛，属心上明月、指尖情怀。色彩、线条、力度，是梦里江山、笔中言说。

　　浅吟清唱，字里行间皆情长。

　　有时闲敲棋子落灯花，等友来，共抒怀；有时漫步四野赏风月，孤行走，独乐乐。

　　因此有：

沙上梦、庭院歌、恋春风、拂云和、清浅尘、闲如是。

从这里出发，视野当取法宇宙、自然、历史、辩证、审美……皆为聚沙。

视为跋。

2018年3月